长安文心书系

月夜城墙根

孙见喜 著

陕西新华出版传媒集团
陕西人民出版社

图书在版编目（CIP）数据

月夜城墙根／孙见喜著. —西安：陕西人民出版社，2020.12

ISBN 978－7－224－13636－4

Ⅰ. ①月… Ⅱ. ①孙… Ⅲ. ①散文集—中国—当代 Ⅳ. ①I267

中国版本图书馆 CIP 数据核字（2020）第 087299 号

主　　编：宋亚萍
策　　划：张孔明
责任编辑：左　文
整体设计：杨亚强
绘画导师：曹　刚
绘　　画：蒋懿琰

月夜城墙根

YUEYE CHENGQIANGGEN

作　　者　孙见喜
出版发行　陕西新华出版传媒集团　陕西人民出版社
（西安市北大街 147 号　邮编：710003）
印　　刷　陕西汇丰印务有限公司
开　　本　889mm×1194mm　1/32
印　　张　4.875
字　　数　102 千字
版　　次　2020 年 12 月第 1 版
印　　次　2020 年 12 月第 1 次印刷
书　　号　ISBN 978－7－224－13636－4
定　　价　42.00 元

目录

001 卖艺西门口
005 商州的灯
010 丹凤的水
013 骑在爷的脖子上
017 曲江唐韵
020 清明雨
024 西部的咏叹
028 三原写风
032 礼泉散记
035 耀州阿姑
038 柞水观天
041 旬阳意境
044 佛坪纪事
048 镇安游记
052 古原即景
055 寻凤记
058 翠华云水
060 雨后荆山塬

063　周原晨晖
067　香溪鸟语
069　垛口圆月
073　子夜钟楼下
076　北广场抒怀
080　西安城墙与数据时空
083　月夜城墙根
085　终南三弄
090　雨中走秦汉
097　兴善寺小径
101　峡的遐想
103　桥山柏
106　难忘罗公砭
110　商州扁担
114　商州糊汤
118　商州扁食
121　故乡有个打儿窝
124　龙驹寨开埠三百年记
129　静村
132　村变
135　太白山风物记
140　西秦酒中仙

150　后记

卖艺西门口

西大街拓宽拆迁的那一年，雨多，沿街要拆迁的店铺，都支了帐篷处理商品。我冒雨到西门外去访友，路过花花绿绿的货摊子，经不住“拆迁大出血”叫卖声的诱惑，便加入了“拾便宜”的人流。东西真是便宜，猪八戒戴的和尚帽穿的黑袍子脚上统的软靴子外加一把塑料耙子，原本一百二十五元的价钱现在才卖二十五元。摊主问我便宜不便宜，我点了头，他就动员我买，我说我又不耍社火不演戏，他说你试这袍子的面料多软买回去当睡衣穿也合算呀！我说我图了便宜出了洋相就不合算了。他说你这人想得太多成不了大事不买了就闪开。

雨丝儿如长发飘拂，我心里痒痒儿的，忍不住又往前边走去，记得一个朋友说他的真皮挎包就是在地摊上用二十元买的，我也就有了某种幻想。前边的摊子上，一把诸葛亮用的鹅毛扇六元钱，摊主给我扇着凉风，问好不好，我说好是好可家里办公室都有空调电扇买来用不上。摊主说，嗨，你一手背操着一手扇着凉风走到钟楼盘道上警察都不敢挡。我说警察一般不招惹拿扇子的，可像你说的那样儿招摇过市恐怕街上的人都躲开了。他说那是为啥，我说人以为二杆子过来了。正说着忽听前边有了笛声，就急步赶去，才见是乐器店大甩卖，一把铜轴二胡一百一十元，盒装套笛七支才卖八十元。见我凝目，摊主就把一支笛塞到我手里，我吹了一下说音不太准。他头一歪说，你还知道音不准，看来是个行家了！就又把一支洞箫递到我手上，我说洞箫我喜欢。在所有的民族乐器中，洞箫是我的最爱，我收藏洞箫四十年，家存的，从单节箫到九节箫、从A调到G调我是全的，我甚至还自制过加键箫，但凡要向重要朋友回赠，洞箫是我的传统礼品。在西安文化界，已故散文家李佩芝、健在的评论家费秉勋、大作家贾平凹、才大气粗的青年作家方英文，等等，他们家里都有我赠的洞箫。看着这么多长短粗细花色各异的洞箫，我的心动了。摊主说，这是上海的，这是苏州的，这是四川的，原本都是二三十元的，现在一律卖六元，只收个零头。我问有渭南产的吗？我知道渭南出产笛子，一般厂家，能制笛就能制箫，我一直想见识一下陕西本地的洞箫。摊主说，渭南能制箫？你是“花搅”渭南人吧？不想与他争辩，就说你把苏州的都挑出来让我选一支。他一支支地取，我一支支地吹试，温柔的雨中飘出绵软的乐音，我身边聚了不少行人。最后选中一支，音色柔美而准确，但外形犹感不足。我闭一只眼一边从箫的顶端沿轴线瞄着，一边说，这支箫的末节有点儿弯。摊主说，行啦行啦你少给五毛钱算啦。见我仍做遗憾状，摊主又说，不说啦五块钱给你真真是卖柴火棍儿哩。

头上淋着雨，我心里很舒服，仿佛新识了一位可人的女友。骑车走到西城门，雨大了，不得不下车到城门洞避雨。城门洞儿的泥地上跪着一个少女，十一二岁的样子，面前的一顶破草帽里有一把零钱；少女旁坐一个衣衫褴褛的老者，花白的胡子上粘着鼻涕眼泪，他身边的筐子里装着一些破烂。他向路人诉说：老家河南邓县遭了大水灾，一家人死得只剩下他和小孙女……趴在地上的少女不断地磕头不断地哭，一些路人就驻了脚围观，有人在草帽里放了零钱又安慰几句，有人甚至脱下外衣披到少女身上；有个中年女人说这是哄人钱哩别相信，许多人就一齐用憎恨的白眼仁看她，中年女人赶忙跑掉；更多的人只是瞥一眼就匆匆而过未现同情之心。这时，正有一个卖粽子的推着三轮车经过，我过去掏两块钱买了四个放到那老者怀里，又帮他拉拉衣襟，我觉得我就是他的儿子。我很自然地把那只盛着烂衣物的竹筐翻过来，坐上去。我的眼泪怎么也止不住，我轻轻捧起我新买的洞箫，一声声的悲音从我的指间飘出，我吹奏的是一支古曲：《孔子哭颜回》。

前边围观的走了，后边路过的又围上来。没人说话。少女随着箫声磕头，老者伴着箫声作揖。一个人轻轻地在草帽里放了五块钱，许多人都跟着放钱，草帽里出现了几张十元的。有人叹息着离去，说好好的一家人嘛祖孙三代这么流浪，成了灾民政府也不管管……

二十天之后，我路过小东门，又碰见这一幕。老者还是那位老者，只不过跪着的是一个小男孩。老者说他是河南内乡人家里遭了火灾……我匆匆走掉了，我不能帮助他，我没拿我的箫。我也没有揭穿他，我不忍心。

之后的几天里，我一直心情不畅。是他们骗了我？我又帮他们骗了别人？可明摆着老人失去劳动能力而小男孩又无力糊口！怪社会福利缺失公益救助不作为？说是孝老爱幼之风失传路人却为何尚存悲悯之心？我不忍心谴责这一老一少，更不愿赞赏那个喊着“骗子骗子”的女人有多么火眼金睛！我无法回答许多问题，更无力解释如此的社会现象，心便空落落地悬着。一日，翻看旧笔记本，眼前忽见亮光，是峨眉山洪椿坪寂一老和尚的赠言在我眼前轰然炸响：“广种福田，施善为己！”为人施善救助危困，最终是完善心灵圆满自己。人心若镜，需要时时擦洗，感谢这乞讨的一老一少，他们给了我一次清洁心灵的机会，良知是否存在？慈悲是否丢失？“老吾老以及人之老，幼吾幼以及人之幼”的古典情怀是否还铭记在心？

记下这段心得，志在警觉自己。再见贫弱厄困之人，当初心不改。

商州的灯

商州的灯是一簇惨烈的火，商州的灯又是一点如豆的余烬，商州的灯燃尽了老祖母的最后一滴菜油。之后，化作世代的清泪、无望的劳作，一如阴冷而恍惚的磷火，一如细碎而闪烁的波光云影……

那是一些怎样的岁月啊？每一个日出都点燃希望，每一个日暮都抱回叹息；每一个年头都播种汗水，每一个岁尾都收获悲凄。爷的腰是这样压弯的，爹的背是这样扛驼的，祖母的铁门闩磨穿了门板，老妈的小拧车磨断了轴；无数的麻耳子鞋勒细了父辈的脚筋，八斤半的桑木扁担挑不起连阴雨的老云；湿柴火烧不热稀面汤，孤灯笼照不亮奈何桥；烟袋是撕心裂肺的咳嗽，泪烛是儿女亲家的温暖……

文化的悲叹，非文化的喷嚏；地理上的贫瘠，天缘上的背时；土匪也罢，逛山也罢，泥水匠也罢，庄稼人也罢，一切的交错和缠绕，全在旧历年关的前夜和黎明；一切的演绎和推理，全在对于光与亮、灯与影的崇拜之中。那或许是薄雪的除夕，再寒碜的团圆饭也得有祖宗的一双筷。堂上共仰遗徽，垄上犹留劳绩，献食的热气里氤氲着儿孙的脉搏，双点的明灯里暗红着爷们的期盼；流不尽的烛泪，烧不断的灯芯，忠厚传家久，勤俭继世长，从庭堂到老坟，点燃了线香，焚烧了纸钱，一盏灯就挂在了祖先的阴宅上。

早先是漆蜡，插在油纸糊的灯笼里，铁绊儿上带着钩，挂在古柏的老桩上；后来世风日下，用了墨水瓶儿做的煤油灯；倘遇雨，需在灯上苫了遮盖，倘有风，灯置于低处且要用砖石砌了围子。 再后来，到了耍阔的年代，再老的先人、再荒的祖坟，都一律重修墓门，甚至树了碑，墓门楼上必造一个灯塔样的阁室，讲究的还绣了壁画、刻上对联，一如生前的财东。 这阁室就是专为年节里给土中的前辈放置祭灯用的。

见过一对老夫妻，就住在他们的墓里。 说是独生儿子在外发了财，回来给健在的父母修了青堂瓦舍的大墓，之后又去外边发财。 但其妻不孝，打之骂之虐之，老人无所栖息，便住到墓里过日子，所好是双合墓，一边做卧室，一边做厨房，虽冬暖夏凉，可这沦丧的况味使路人沉重得抬不起腿。

乡人最看重的，当是堂上的灯。 旧时人家，堂上灯火，有四烛的六烛的八烛的，烛台有竹木的锡的铜的银的，穷人的烛台是泥捏的方坯或冬储的萝卜。 烛台里边是香筒，香筒中间是香炉，香炉后边是插屏，插屏之后是神牌。 那是一面墙的正楷书法，在香烟烛火的肃穆中，可见排列严谨的熏黄字迹“某氏历代祖宗考妣大人神主”；祖宗神牌的两边，堂联高悬，是谓“继世衣冠皆祖德，满庭兰桂是春光”。

堂上的灯照着活人，活人在大场里疯跑竹马社火；堂上的灯也照着死人，死人的灵牌在香烟中变黑。 跑社火是篝火和菜油灯的迷阵，人们在锣鼓家伙的暴躁里把对当年的戚伤转化为对来年的期喜，糜子多打了几斗，荞麦多产了几升，娃娃的花裹肚、媳妇的红围巾、老父的窝窝鞋、老妈的丝帕子，就全在了里头。来年的来年，跪在了祖宗的灵牌前，就心绪释然如同把孝敬落到了实处。

时代说着就开放了。有人买了彩色的串灯，闪烁且鸣唱音乐，把祖庭装扮成流行歌厅，祖先就在阴司里卡拉 OK。还有长燃不熄的电香，只是没有芬芳，喷洒了法国香水又有了舞厅的情侣气息。传统的子孙们，现代的人，电热毯的微麻代替了火烧炕的柴烟，羽绒服的轻盈置换了老羊皮的沉重，喜结百年之好的大典废弛了，天地不拜了，列祖不拜了，洞房花烛夜的羞涩和甜蜜没有了，这块盛产小米的黄土地上，如今也流行试婚呀同居呀等等千变万化的生活方式。

过年就是赌钱，小赌是耍，大赌是博，娃娃们滚核桃，媳妇们弹宝阁，婆婆们抹花花，青壮年打麻将。

过年就是看电视。

中央、省、地、县，大小电视台都有晚会，大小电视台都欢声笑语，偶尔，就把坟上的灯忘了送、忘了收；偶尔，就把堂上的献食忘了贡、忘了撤，花狸猫就吃了里边的油炸果子，就抓了里边的红白方块肉——九十五岁的老祖爷就捣着拐杖骂：“难怪没人忠孝节义了！难怪没人忠孝节义了！”

除夕可以淡化，初一可以迟起，破五可以不过，但元宵是省略不得的。大场里耍灯，小场里跑社火，旱船竹马全靠灯。狮子进了门，没两条“窖版猴”一瓶“墨西凤”东家就下不了台。

热闹拿钱买。

光明也拿钱买。

再贫困的家庭，门口的两盏灯总是要挂的。讲究的挂金属宫灯，不讲究的挂塑料灯，也有别致的自制、新潮的奇巧，最马虎眼的也要让两盏光灯泡一夜亮到明。

早年岁月，没电视。场子里闹元宵一闹就是通宵，屋子里长明灯一点就是一夜。堂上的不屑说，门上的不屑说，单四屋八角不点足九九八十一盏灯是不算数的。厕所里、灶圪塄、门墩上、牛槽里、水瓮里、面缸里、马勺里、磨坊里、炕洞里，等等，一切空腔之地，一切有容之处，一切有称谓而不露天的所在，哪怕长虫窟窿老鼠洞，凡能容纳光亮的地方都须置灯！灯具五花八门。有切一截萝卜插上蜡烛的，有一只酒盅淋上几滴麻油的，但大部分是用黏面做的小灯盏，里边倒了菜油，浸入二寸棉线，点燃了就是一盏无烟的灯、明亮的灯、散发着抒情与幽香的灯。子夜一过，黎明到来，黏面灯燃尽，收了灯盏，切成小块煮了炒了蒸了就是一锅美食，就是儿们孙们一个佳妙的记忆，就是父们兄们上山打柴之前的一顿结实……

黏面是苞谷面，经发酵之后、糖化之后，成一种具有延展性和可塑性的半成品食物。用之做灯只是吃它之前的一个序幕或引子，所以驱除黑暗或鬼魅的最终目的是为了吃得美好和顺利。

有一个怀孕的媳妇，五黄六月天啥也不想吃，丈夫拿来米她不吃，拿来面她不吃，拿来肉她还不吃，丈夫说宫里的皇帝娘娘也不过就是这了，这媳妇说：皇帝娘娘天天有柿饼吃哩！大热天她想吃柿饼。

商州人家的列祖神位两边，最常见的堂联是：“耕读传家久，诗书继世长。”这里边蕴涵着一个悠久的信息：世界上什么问题最大？吃饭问题最大！民以食为天嘛！圣人这么说，伟人这么说。耕读传家，又是一个永远的叮嘱，只耕不读无人上之食，只读不耕无家居之食，红袖添香夜读书，至少也得吃一块红薯嘛！

吃是中国传统文化的骨骼。

灯光照耀的是吃的期冀。

丹凤的水

水能善下为吾友，竹尚心虚是我师。丹江流到这里，一串地名因水而生，竹林关、桃花铺、棣华、茶坊……这地方在秦岭南坡，古称龙驹寨，曾是陕西的四大码头之一，“午夜有可求之市，鸡鸣多未寝之人”。

人在丹凤游走，总有水绕在脚前身后。四月天的那个桃花谷，红霞弥了山川，虽然未见子规声里雨如烟，审美蚕桑秧田的时候也还不到，但那山涧的细水依然清灵，叮儿咚儿地唱着徐霞客当年在此聆听过的歌谣。歌谣原产在竹林关，《石榴娃烧火》曾把《回河南》的悲凉传遍了商洛山的沟沟岔岔。水向石边流处冷，主要是因了那位童养媳，她拉风箱拉出了悲苦旋律。甚或那竹下的溪流，饮一口都咂得出陈年的哀怨悱恻，百年了啊，那伤心的泪水渗到崖缝里去了。

其境过于冷冽，移步往北去吧！

北边的山原上点染着淡薄翠色，有老房子趔趄其中。三几翁媪歪斜在谷草垛下晒太阳，沉默的目光僵滞在山下的洋房上，儿子孙子就住在那里，但他们只在清明时节上来烧一把香火。儿子上来时，照旧提一些五公斤的米面油，下去时当然不忘留些零用钱，甚至还要问一句："爸你的高龄补贴涨到多少了？"人老了就不想移动，生活是不错的，只是有些孤单，盼望的眼神就一路随水跌落，到一个叫庾庄的镇子那儿聚成潭，有城里俩美女挎了名牌的皮包包，拧过来拧过去在潭边照相。"潭中鱼儿百许头，皆若空游无所依"，名牌的金属饰件映在水里，放射沉金之华。但鱼儿不管这些，只要水还清着它们就十分快乐。这条水叫庾家河，潭下的这一段沙平水稳，正贴合了浣衣娘子的中年神韵，虽然她腕间不戴银镯，可那胖肘的一伸一缩直把杨柳岸上的游客牵扯，有骚人掷一颗石子下去，水潭即刻乱了她红衣的倩影，水花溅了一脸，她挥胳膊一抹，明目往岸上一瞥，掷石头的自己先不好意思了，躲到树背后不再露头。

庾家河的水很有修养，就怀疑老子的"上善若水"是在这里说的。

还有一处的水爱蹦跳，那是在峦庄镇。乱山缝里挤出的，老树根上渗出的，危岩叠石上飞舞的，荡动似飞练，溅起如玑珠，有时慌慌张张，有时叽叽喳喳，一点儿都不稳重。说的是林泉无声纳细流，可十条八条的小溪窃窃私语着汇合了，走走停停去了远方，聚聚散散成串珠状水文结构，或坑，或潭，或池，深浅无定数，广狭三五丈，靠着山了，倒映些许翠微，河床坎坷了，荡一片粼光细浪，间或有水鸟落下又飞起，捡尽沙洲不肯栖，原因是大半的水皮子上浮漂着五颜六色的塑料，破凉鞋、鸡毛、冒泡儿的过期食物，以及多种妇女用品……

于是，活蹦乱跳的水就死了。

水一死，人还能活多久呢？

骑在爷的脖子上

爷是村里的贤者，人称孙老者。

爷不戴瓜皮帽，却长年戴一副大砣石头镜。这镜是用三斗苞谷换的。当初换镜为看戏，不戴镜，戏台上的人是一堆花花，走到庄稼地里，也是一堆花花；分明是大南瓜，他却看作金兀术的头盔，分明是苞谷缨子，他却当成杨宗保的帽根子。

但凡看戏，爷总要带了我去。乡下戏台高，爷就让我骑在他的脖子上，他双手搂紧我的两腿，我双手抱了他的头，从两岁到五岁，我在爷的脖子上知道奸臣害忠良，也知道忠孝节义的最初道理。

爷既为贤者，免不了调解邻里纠纷。爷的人生信条是“见冤家说散，见姻缘说合”。有社教干部，专要同爷计较，说爷是典型的阶级斗争调和论，是取消原则模糊界限。爷平心给他说：“都是一个老先人，子小分开不成孙，越计较越说不清，邻里相处糊涂些好。”社教干部不信这一套，结果自己也被缠在邻里是非中，撤退时是半夜偷跑的。说合姻缘，说散冤家，爷自有一套辞章，说起来是历史加典故，又是《陈州放粮》，又是

《杀狗劝妻》，全是秦腔戏文。“高台教化”规范了村人的行为准则和道德秩序，爷是用秦腔剧情联系实际的第一人。

其后就是我父亲。爷爱看戏，却不会唱戏。他有个朋友叫丁氏，是个扎着花白小辫的老头儿，丁氏似乎口不能语，他同人交谈是用手用五官。有一回丁氏来我家吃饭，饭毕丁氏吸烟，爷就拿筷子敲击升子底唱戏，只两句，升子就被丁氏按住了，丁氏“咳咳”作笑，气声暗哑。爷就红了脸，翻过升子揉烟叶。

后来，丁氏在磨道里教我父亲摆动作，一招一式都是角色。在我的印象里，这老头儿是“安勋他爷”，最能割草。安勋是我的小伙伴，傍晚我们到东沟去接他爷，看着他爷背着小山似的青草从山坡上下来，我们就十分高兴，因为他爷肯定又给我们逮了蚂蚱。

某一日，我父亲就独自在磨道里演完了一出戏，有唱有动作，唯一的观众是我，我从头看到尾。

是三月三吧，父亲终于上台演完了这出戏，是《游西湖》，村人都说父亲的唱腔好，道白全是丁氏的味道。三十多年后，父亲到省城来看病，说起当年唱秦腔，他才告诉我，他是跟丁氏学的戏，丁氏也不是安勋他爷，丁氏是老戏师，一辈子教了一个戏子就是安勋他爸，人称琼氏。丁氏带的戏班子从洛南唱到华阴渭南，台柱子就是琼氏。琼氏的琼就是秦琼的琼，不是贫穷的穷。琼氏是唱戏唱死的，也不是穷困穷死的。父亲说：琼氏一死，戏班子就散了，丁氏喝了哑药自己弄坏了嗓子，从此不再教戏导戏。他孤身一个外乡人无处投靠，就寄居在安勋家，新中国成立后查田定产，丁氏就成了安勋他爷，既是一家子，实际不是。

丁氏死在 1958 年，临死把一根马鞭送我父亲，这马鞭是丁氏从他师爷手里传下来的。

再下来是我。小学五年级时，班上排《打镇台》，我出演一个跑龙套的小角色。班长唱主角，事先排练过，我没有参加排练，上台不知怎么走，只看台侧的老汉胳膊，老汉胳膊回抡一个大圈，我就走一圈，老汉胳膊垂下，我就立直。有一次，竟多走了半圈，引起台下哄笑。这老汉是我们班主任从附近村上请来的戏把式。后来，西安的五一剧院从我们小学招走一个同学去当演员，大家羡慕得要死。心想当演员是天下最光荣的职业，比开飞机还光荣。

我还扮演过孙武子，是年节要社火跑高跷，节目叫“孙武子操练女兵”，我提一条麻绳鞭子，走在十三位女兵后边，走两步，打一声响鞭，很是威风。在高跷上，我扮演过的秦腔角色还有白娘子、花婆、李彦贵。

如今，爷驾鹤西游三十年了，父亲也老得走不动路。他来西安看病，第一个想法就是要看一场秦腔戏。我去买票，满城都有卖票的就是没有秦腔戏票。卡拉 OK、交际舞、歌星演唱会、时装表演、外国芭蕾、中国话剧。我给父亲一一数说这些文艺演出，父亲一一摇头。末了，他说：“现在社会秩序不好，人心不古，风气坏了，就是因为不演秦腔了。”我理解他的意思：秦腔戏主要传扬的是传统道德，传统道德作用于社会的力量并不比“五讲四美三热爱”小了多少。

但我不得不告诉父亲：“秦腔剧团有好几家，咱商洛剧团的冀福记就在易俗社当团长，但排了秦腔戏又没有人看，就你几个乡下老汉看一场戏卖的票还不够电钱。”

父亲没有再言语，这是事实。这事实内涵的道理父亲说不清楚，我也说不清楚。

但我试图说清楚：传统戏剧是自然经济的社会产物，卡拉OK是商品经济的社会产物，这两者的对倒和错位是传统秦腔戏剧衰落的根本原因。或者可以说，要使秦腔戏猎取现代观众，戏的内容和形式在基点上必须越过传统高出传统。

所以作此文谓：骑在爷的脖子上。

曲江唐韵

芙蓉园的红墙下，悄然淌出了温润馨香的脂粉浴液，曲江的一池春水，就淡淡地被染红了，染红了；三五丽人逶迤而去，是哪位诗人的新词，让她们含英咀华？ 夕阳的余晖，迟滞着慈恩寺的暮鼓；明德门的城墙上，巡行着轻快的马蹄……

城墙下的小酒馆里，李白有了一杯酒，豪放的性情就渗入中华民族的精神骨殖：兴庆宫丹墀上的靴迹，沉香亭雕栏边的旋律，诗仙的歌声从庙堂飞向田野。 杜甫有了一杆竹杖，“三吏”“三别”的哭声里就有了叩向民间的敲打，茅屋秋风之歌就唱响了天下寒士的希望，中国文人就站稳了平民的立场。 孙思邈打开他的药葫芦，黄种人的健康便由此奠定；怀素挥笔狂草，线条的艺术在世界文化里成就独绝的华章；一行举起他的黄道仪，满天的星斗在掌中运行；陆羽撒下几片香茗，全世界的客厅里都氤氲着芬芳；王维焚起了香案，禅意的慧明诗画的天光，岂止照耀着辋川别业？ 韩愈文起八代之衰，他首领的古文运动，完成了中国文学从浮艳向质朴的转换……噢嗬嗬，唐代的文化巨匠何止八位！ 一个朝代的强盛将中华文明推向世界之巅，一千多年后遍布各国的“唐人街”，依然是唐文化在抒散芳香。

一尊塔影，在终南山下搁置了千年；迟钝的钟声，敲不破一个主义的黎明。一则神话，在黄土的裂隙里延续着破碎的经验；唐僧的夜明灯，照不亮寒窑的凄冷。八水的沙滩上，灭绝了旧雁的爪迹；十三朝的明君，留不住灞河的涟漪……一个普通的戊子之夜，慈恩宗的祖庭突然闪亮：梵音在天花纷飞中长鸣，万佛在国泰民安中微笑，文化展开复兴的画卷，法水在三宝辉映中飞溅！氤氲长安的佛法正气和龙脉风水，永远是人们涤心定慧戒贪绝欲的三秦第一福地。倘若晴天丽日水波不兴，抑或皓月当空夜阑风静，曲江清潭上塔影澄真，明镜高悬处心灵坦白，法水就向生命深处潜移默化；倘能夜夜荡涤，月月拭擦，年年打扫，再浮躁的凡心也可修成“行到水穷处，坐看云起时”；精神在修行中生养，觉悟在无声中积淀，真有如“竹影扫阶尘不动，月穿潭底水无痕”。

佛陀以亿万年做昼亿万年做夜，曲江池以八千岁为春八千岁为秋，人类精神及物质的成果在此大集成，永恒之于创造者难道不是天生的追求？

历史的底座，现代的腰身，文化的脏腑，佛陀的灵光，壮阔和谐地组成三大遗址公园的精神与气质。缥缈的水面，柳衙的曲岸，亭阁、廊桥、泉眼、草榭，或如慧莲初放，或如法雨潇潇，或如云蒸霞蔚，或如修竹摇曳，真乃异香飘九陌，丽色映千门！中华文明的精神烈焰被重新点燃了，大唐文化的永恒价值根存于这里的一草一木。历史的苍茫，佛陀的旷远，人文的高标，法水的澄澈，无论在慈恩寺，还是曲江池、唐城墙，共同洋溢着大写意的“中华”，于是，九品莲的喜悦就永远灿烂于古城。

僧问：一滴水怎样才能不干涸？

师答：把它放到大海里去。

慈恩寺不是一滴水，它永存于曲江；曲江不是一滴水，它慈沾于唐城墙；唐城墙不是一滴水，它融汇于正大和合的中华文化；文化兴，民族兴，三春车马客，一代繁华地，古长安的精神之烛必将壮燃中华民族的复兴烈焰！

曾经是谁啊，在黄土高原上吟唱：数风流人物，还看今朝。

清明雨

清明是一种境界。细雨鱼儿出，微风燕子斜，画出了田园的明净，也唱出了畴野的动律；雨鱼风燕的瞬时风景，集合成二月的永恒格调：清明。也就有了“绿遍山原白满川，子规声里雨如烟”的磅礴大气和四月的歌谣，从而凝成“绿肥红瘦”的思想高度和“闲人少”的村社底色。春已过了“草色遥看近却无”的羞涩和隐忍，却还未到“细水浮花归别涧，断云含雨入孤村”的成熟和感伤。清明是人物的行迹、事物的状态，如杨玉环的脸，赵飞燕的脚，二旦他娘的针线笸箩；“清明时节雨纷纷，路上行人欲断魂”，不该死的亡人，被拆散的亲人，无定河边的骨，春日楚里的情。都在清明时节一齐警醒，都在祭扫坟茔的幡旗下洒一把相思泪。

清嘉庆十三年，一位头戴草帽的农人从商州牧护关翻过秦岭，向富平县进发。他赶着三头牛，差不多走了十天。他就是一个欲断魂的行路人，在清明雨的泥泞小路上，他且哭且行，一任大犍牛去啃路边的草根。

他是我的先祖，去富平孙家庄祭坟。牛是他向老家族人的进贡，他的名字被写在孙家庄的族谱上，被刻在祖爷的墓碑上。他在孙家庄参加隆重的祭祖典礼，之后照例要留下十天或个把月，帮助族人干农活，锄地或赶大车；他也动员弟兄多的人家到商洛山去，烧荒开山，丹江两岸又是一铲平的水田，鱼多得当粪上苞谷哩！陆续就有人迁到了商州的王那村，也不断有人卷了铺盖返回富平老家。王那村这边，丁口特旺，百十年便衍成一个村子。可是年年清明节，都要派了代表赴富平祭坟。到我父亲这一辈，孙家庄在王那村这一脉，整整繁衍了十代人。爷到死都念念不忘富平孙家庄。他说他爷手里还去那边祭坟，他要我成事了一定去富平看看，去给先人烧一刀纸，上一炷香。爷说，他爷告诉他，孙家庄在富平，但有四十亩一整块地却在临潼。先人手里，为地畔子还和临潼人闹过事。

尽管我不知道富平县有没有孙家庄，但这“四十亩地”是一个重要线索。20 世纪 70 年代在富平的美原和临潼的相桥参加夏收，多方打听孙家庄没有结果。三十年过去了，爷爷也过世二十五年，我虽没有成事，却一直惦记着爷的叮嘱。

查资料，得知老家的地理位置大约在富平、临潼、阎良三地的交界处。就委托住在阎良飞机公司的老诗人王德芳替我打听，德芳说阎良附近有老孙家庄，又有新孙家庄，两个庄上都有八十岁以上的老人，他们说孙家庄流出去的支脉多了，老先人手里的事，二百多年了谁也说不清了。

断弦时心在寒处。二百年，十代人，在商州垦了一面坡，修了一湾地，建了一座祠堂。年年清明祭坟，年年打开长箱子晒“爷婆”。所谓“爷婆”，就是一长轴族谱牌位。十代先人的头像牌位及各代谱系绘在两丈长一丈宽的麻布上。晒了“爷婆”，捧着供盘，吹吹打打上坟。爷他爷的坟在坡根，爷他爷的爷的坟在后涧，往上各代依次埋在堰背后、柿园子、打儿窝，进商州的第一代先人埋在十里外的党原。小时候祭坟，最怕去党原，路远，又是年年清明下雨，老者们把说了多少遍的故事津津有味地重复着。说坡根的风水是金线吊葫芦，儿孙上隔代人丁旺，打儿窝的风水是金蟾穴，后三辈财运兴旺；然后就说埋在党原的“始祖”当初怎么勤俭、怎么智慧、怎么和白杨店的财东换亲换地，等等。

说是去祭坟，对我们男孩子来讲，其实是最愉快的春游。那时候在我们小学，清明节放假祭坟是惯例。我们打着纸幡，行走在湿漉漉的田间小道上，采一把迎春花的藤挽成帽子戴在头顶，折一枝绽满新芽的柳条做成柳笛一路“呜啦呜啦”地吹，微风斜燕飞，细雨鱼浮头，泥泞是春天的缠绵，潮湿是青草的气息，儿时的清明，把多少祖先遗落的珠子串起来挂在少年郎的脖颈，就有了多少中华传统的沁心灌溉，就有了多少顽固不化的尊老意识、勤俭意识、守土意识、传宗意识，等等，珍珠中的沙子，沙子中的珍珠，几千年的混搅，是优点也是劣根，是长处也是短处，到如今，西方文化横行无阻，西方文明又劣迹斑斑，祭我先祖，真不知是沾沾自喜还是幸灾乐祸?

清明雨是一种沐浴，洗却的是奢靡和懒惰；清明雨又是浇灌和浸润，从内部，由杆到梢输送根的浆汁；这你就不会忘了，我是从何而来；你就永远记住，我是谁家脉上的后人！领口可以裹上带子，袖头可以饰之金纽，脚腕可以拴上钻链，但你千万记住一个地名：孙家庄！

在我生活的这座城市里，是否可有富平孙家庄的后裔？我盼望去看那四十亩一整块的地，我盼望折那坟头的柳，孙家庄啊，你的老围墙，你的石磨子，你的大轱辘车，你苍老的浮云甜嫩的榆钱，这些过时的旧物，却正是我的脉根啊！

西部的咏叹

说是有连绵的群山，可森林远离人们的视线；说是有纵横的河流，可喝水是一个艰难的话题；说是有丰富的宝藏，可伴着宝藏而眠的人们衣衫褴褛；说是中华文明的发祥地，可这块发祥地上躺着目不识丁的人们……当然，这里出产忠厚，也盛行老诚，这里人不说狂话，不冒险事，祖祖辈辈用老牛犁地，代代相传用木梭织布，家家户户都在祖宗和神灵的护佑下讨生活，满庭兰桂是春光，继世衣冠皆祖德；他们不叛逆不奢望顽强守土死不悔改，起点是土炕终点是土炕，爷也是土炕婆也是土炕，牛牛娃离了土炕就不会叫娘！

唉！ 这就是我的西部，地球上东经一百零五度以西的广袤区域，中国共生着文明与荒蛮的半壁河山！

天是那么蓝，污染是一个陌生的词汇；鸡蛋那么便宜，通货膨胀是十分遥远的事情；妇女那么纯真，爱情像雨露中的花儿一样鲜艳！ 于是，高鼻子的朋友，蓝眼睛的客人，黑皮肤的先生，金丝发的女士，他们来了，带着热情，带着资本，带着现代文明的构思和观念，带着开发的蓝图和玫瑰色的憧憬，带着抽象或具体的冒险与浪漫情怀；冬天里，三三两两，春天里，成群结队；观光不是终极目的，享受也非全部动机，他们唯一的想法是要创造：要在这荒山上采撷，要在这沙原上栽培，要在盐窝里抽水，要在青石板上熬油！ 不能不承认人家的科技手段，不能不承认人家的雄强胆略；要得会，跟着睡，我们学会了吗？ 我们和洋专家踏勘，共住一座帐篷；我们陪洋教授考察，同饮一壶淡水；可我们独资行事，怎么就疙瘩挽疙瘩诸事不顺呢？

在我们的意识深处，是否存在着农耕时代的作业方式？ 是否残余着游牧时期的原始思维？ 有一个涝池失去了蓄池功能，原因是池底积淀了太厚的泥沙和污物；有一个人的腿脚日渐变细以至不能行走，原因是他终日不动或动而不行；有一个人家境殷实富甲天下最后却沿门乞讨冻死街头，原因是他不事创造坐吃山空……我西部的父兄哟，父兄的爷们，涝池、细腿、乞丐，是否也描摹着你们的形象？ 是否也抽象着你们命运的意义和内涵？

那时候，广阔的西部森林茂密，河清水净；那时候，浩瀚的西部风调雨顺，万物欣荣；可是，我们的先人，先人的子孙，只顾砍伐只顾烧荒只顾猎杀只顾淘金只顾自己，留给后代，留给苦命的我们，除了一架瘦骨几瓢黄汤还有什么？

性格上又是穷争气，过不下去就走吧，他又死守着，穷抠苦挖；向人借呀贷呀，他摇头，只会口里省身上掐；请人来教些办法呀，他不信，只守着爷传下来的老把式；把些值钱的东西变现呀，他才不五马倒六羊，啥是啥用场五百年不变！ 叫他做些小买卖，叫他出去见世面，叫他多认两个字，叫他把后脖子洗干净，他认为这是杀他这是掐他这是污辱他！

爷们还是爷们，他依旧喜欢打老婆依旧喜欢热炕头依旧只会掘地抠着脚丫子吼山歌……

于是，有一种中药叫柿蒂的，他把它串起来挂在茅厕的墙上，大前年曾经卖过两块钱一斤哩！ 前年，跌到一块钱一斤他不卖；去年，降到五毛钱一斤他还不卖；今年，雨水多，放腐朽了，没人要了，他把它扔到茅坑里沤粪去了，却教育儿子说：这叫节俭，农家没有无用的东西呢！

石头缝里种苞谷，种一颗籽结两颗籽他都认为是净获是收成是天底下最正经的事业！ 价值规律在他看来是歪门邪道。

还有呢，他盖房子的逻辑——绝对真理加绝对真理等于谬误。 可人们，祖祖辈辈这样实践着，年年月月这样操作着，汗水淌干了，筋骨累瘦了，茅草棚子快塌了，一场指望落空了。

说是从爷手里就开始造房子，伐了五棵老椿，栽了七行白杨；到爹手里，又攒了六十根松椽三根明柱；到兄手里，五十年过去了，木料也攒够了，一家三代高高兴兴造新房了，他们砍了白杨，又抬出老椿松椽和明柱。

可是，爷爷、父亲，他们积攒的材料全被蛀成了空洞！ 不该埋怨是储藏的不善吧！ 不该指责是岁月拖得太久吧！ 观念如一条链环，套住了谁谁就成了链环上的一环，他们的子弟反叛得了么？

当然也有智叟，这是一种被充分否定过的形象，是作为那个自称愚蠢的老头子的对立面，多少年来，他都承担着被批判的角色。 可是，在今天，我们面对西部的诸多反思，智叟的忠告难道不是最有价值的吗？ 几十公里长的秦岭隧道如果拒绝掘洞机只靠“子子孙孙”镐挖手刨，西康铁路不是化成镜花水月了吗？

我们不能批评愚公没有引进外资，但我们可以批评他为什么不引进外族劳务，我们不能指责愚公为一家修路成本太高，但我们可以给他出主意说：修路其实不如搬家！

或者说这是倡扬一种精神，但执着于小失之于大的精神难道不该辨析不该解构不该在时代的阳光下晾晒晾晒吗？

我当然知道，西部，是一个集合概念，它不仅指说陕、甘、川这些传统的农耕区域，更指含青、藏、云、贵及地理上“三山二盆”的新疆和周边的蒙回哈维地带。在这里，游牧仍然是主要的生活方式，经济观念似乎更接近市场，婚姻行为相对自由，精神的维系主要依靠宗教，心灵的呈示更为原始坦白，但应该散布的是科学与文化而不是其他；这片广阔土地的价值也不仅仅是茅草和鹅卵石，所谓西部开发，不仅是地上的风力和阳光，不仅是地下的矿产和热能，不仅是水力不仅是景观不仅是基因；更重要的是，是人，人的智能，人的精神，文化、风情、历史——人文景观的抽象与提炼，这才是用之不尽采之不竭的资源，任何实业的开发都不可将其替代不可与之等同。相较而言，西部的西部，与西部的东部或东部的西部，更少开放的观念障碍和精神隔阻，而农耕的一成不变和游牧的心灵自由只是外在的差异，本质的不同在于文化的发散状态和宗教的光辉照耀。

黄河、长江，两条巨硕的乳管，源源地把浓香的营养浆汁输送到东部，输送到人杰地灵的富庶地区，或许，东部的暴发正缘于西部的沉静，西部的尴尬正反映着东部的紫红。如今，东部的乳浆反哺西部，外邦的资力灌注西部，一艘经济航母隆隆起动，西部文化的复壮还会远吗？

三原写风

先是一些槐树或榆树的根团，铸铁般黑得沉重，又舞龙一般旋扭延伸，偶尔挂一蓬茅草，兜一团黄土，那槐或榆的浓荫就斜落下去，绿了峭陡的河谷。 河不大，未有岭南汉水姊妹的清澈和嫩俏，也无陕北诸水的浑猛和狂野。 这里的水，一如藏在山涧竹丛的村姑，美貌说不上，却有诱人的内秀和柔性，绣楼上的高消费不曾有，荷锄扶杖的勤快却远近称道。 最耐寻思的是河岸，未有钢骨水泥的块垒，也无兵阵一般的护堤杨柳。 这河是从平地上切出来的，陡上陡下的河岸动辄几十丈高。 一刀到底的黄土，青砂卵石之类罕见。 从地表，那丰产小麦的一米深熟土层，呈膏油样脂肥；接着就是系挂槐榆根团的层面，为分泌着奶油样地液的粗糙黄土，其结瘤状团粒垒卵般排列，数不清的细微裂隙为秋风斜雨沁入提供了穴口，所以这一层生长着多根而小冠的乔木。 再往下，团粒细密，土色见浅，文化层叠压交构的深浅曲线沿河床的走向逶迤而去，偶尔就露出一方秦砖的断角或汉陶的残片。 说不准就是一座古墓，或高祖李渊献陵的石雕，或唐国公李虎的陪葬。 再往下，接近沙床，是色质锈红的斑土，旱风吹落，常在岸基处聚成豆粒状小堆，据说这红斑土泡井水喝可以医治喉咙痛。

水流平缓。未有环佩般的鸣啭，也未有波浪的滔滔。是悄没声息的。间或水色发浑，大都是上游在淘洗，或者，一群奶山羊正在水边捣乱。水流拐曲，明光隐映，常叫人疑心是红裙闪动，丽人游行……

这就是清峪河，这就是浊峪河，这就是赵氏河。三条河挽臂北来，三原县就有了孟侯原，就有了丰原，就有了白鹿原，就有了五百六十九平方公里的肥沃土地。地处鄂尔多斯地台南缘的褶皱带，所以宏观上并不平整。因为不平整，就显了平原的温柔、台塬的刚强和嵯峨山的傲拗。黄土的丰腴，秦人的倔悍，位近古都城而特有的亚市民优越，构成三原人威猛又闲惰的历史脾性。这是一种容易生养将才的文化土壤。李渊是将，李靖是将，于右任也是将。

所以，陵前镇的秦川牛就忽出一声悠长的吼叫，连半边房的窗纸也震动了。村边场地上的汉子却动也不动。他手端耀州大老碗，卧虎一般蹲在石碌碡上，汗珠如油蓄满额头皱纹，皮带宽的油泼扯面在黄种人特有的铲形门齿下被截断。他吃面条像剪板机切割钢带。院墙是木椽夹击夯实的楔形土墩，有关中叫驴在那里打滚，黄尘就蒙了半边天。

村庄巨大，一村如一城。旧时有高墙护卫，遇有强人攻略，全村老幼同仇敌忾。村村间距甚远，有笔直道路勾连，俯视肃整如棋盘。土地丰肥，粮贱棉贱烤烟也贱。郑国渠滋养祖先，也滋养子孙，四十万亩的灌溉面积上产出优质小麦，所以蓼花糖受到慈禧太后的重视，美乐羊奶粉获得泰国消费者青睐。

更不说泡油糕和千层饼了，更不说“弹土木之功，穷造形之巧”的城隍庙了……

说话间村东的旧戏楼上就急雷一般奔响了板鼓，霎时金钹开鸣，银锣疾敲，鼓点爆豆般更急更密更响，由远而近，扑面而来，台下的人群就水浪一般涌动，个个脖颈高竖如鹅，连脚后跟也悬空了。谁家媳妇就骂，说是蹭了她的裙子；又有妇人起了哭声，蹴下身去寻找绣鞋。那些鼻梁上架着石头镜，大板牙上咬着旱烟锅的汉子只是不管，目光朝台上劲瞅，脚下就不自主地前移。台上的疾锣迅鼓中就翻出一员大将，背插靠旗，顶戴长翎，大刀挥处黄风翻滚，铠甲飞动锦鳞闪耀，台下人就禁不住喝彩，他们不善鼓掌示欢，只一个劲儿地“噢——噢——”正叫好着，板鼓就戛然而止，一时间台上台下鸦雀无音，只听一声尖厉的板胡响，那台上的武将就虎啸一般锐声高唱，连四十里外清峪河岸的斑土都嗦嗦地震落了。台下又是一阵喝彩。那些戴石头镜的秦腔迷就议论说，这是谁家的小子，在西府唱红了天，外号叫西北一声雷。

雷声常常挺响，落雨却不大，北部的旱原上水就金贵。特别初夏的干热风一来，于麦熟是吉祥，但于秋作物的生长却是灾害。所以引进一万万立方米的客水就成了原地人生产生活的依靠。没有水，叫驴的打滚有那么强劲吗？秦腔的叫板有那么响亮吗？锅盖大的烙馍有那么大的名气吗？

清凉的月亮在湛蓝的夜空静凝，戏毕了。《辕门杀娃》的惊悸在掩门闭户的笑说声中消失。狗叫了一阵，墙头的榆钱儿一骨朵儿一骨朵儿地鼓胀开来。一时，有了清甜的浓香，有了温熏的羊粪味儿，有了种田人黏稠的鼾音，村西唐王墓的石碑就凝上了沉重的露珠……

礼泉散记

三棵两棵的老杨树，歪歪斜斜着身子，疙疙瘩瘩着长上去，枝梢极瘦，甚至被人为地谢了顶，所以天空就显得极寥廓。旁边是园子，五千亩的一个园子，密植着矮化苹果，亩栽一百二十四棵。今年是第五个年头，到了高产期，年年一千五百万元是保守的数字，农民学狡猾了。这些疙瘩杨是大农业时的遗物，少说也长了三十年；三十年，它长了满身的疙瘩，也长了满身虫洞，本该早伐了，可几位老人硬要留下，连同那一排破窑洞，连同那个直径两米的大铁锅，还有一座土高炉的遗址。人都说没有必要鞭笞畸儿来展览历史，年轻人也说让几株枯杨枉占一片天空实在不合算，但几位老人执意要这样，他们说也是为了子孙后代。

这是在陕西礼泉县，黄土高原的塄台地带，所谓缺水的北部旱塬，往昔的黄尘瘦容已成历史的记忆，十五万亩水果林带河流一般起伏在黄色的台地上。关中汉子的丑陋不见了，唯见打洋伞的小媳妇在果林深处嬉笑，红衫闪动，有歌遥遥飘来，是邓丽君沙瓤儿的嗓子，一个逼真的模仿。

大轱辘的牛车还在，高架起来，撑了帆布的篷子，成一个看守园子的凉亭；牛还在，慢条斯理地嚼着甘薯，养得胖胖的，西安大麦市街来的宰客打量着它；路边的落果在草丛中肥硕，三颗两颗的红艳让人垂涎，一只鹊踩着果子静立，远处的鸟巢上垂一穗红高粱。难怪没有了贼，贼吃饱了。不，一年两年的果苗儿时而被人偷去，是他务的园子缺苗，不够一百二十四棵。农技员技术服务是按亩收费的，县上征林特税也是按亩收的，棵数少了就吃亏了。

新砌起的青堂瓦舍里，猛然传来一阵吵，是谁家的婆婆骂儿媳，骂得这么好听哟，秦腔的音韵，板胡的旋律，枣木梆子的节奏，油泼辣子的热火，全在里头了，全在里头了！南方来的记者就打开了袖珍录音机；县上的陪同人员赶忙制止，说这是骂人，骂得好难听哟，好不入耳哟！问及原因，说是果子收获的大忙季节，儿媳却去杭州旅游，归来了一不上树二不下窖，却只是个打扮、打扮，婆婆就躁了，从苹果树上骂到苹果窖里，这儿媳还有涵养，大约是高考落榜者之类的文化女性，她没大反嘴，只利利索索地整理旅行袋，完了又要走，婆婆追到了大门口，又要骂，儿媳搁下一句：杭州建设路八号。婆婆正愣着，人家小屁股一拧上了门口的的士，婆婆还要追，儿子骑摩托车赶到，说是他们在杭州开了一片水果批发站，礼泉的旱塬果子他们一次要运走五卡车。

于是，人们知道，今年中秋，杭州水果市场，几乎是礼泉果子一枝独秀；沙头角和香港，八两以上的秦冠贴上福字当供果，卖价折合人民币二十元一个，挨骂的儿媳妇留下信息远去了，长着大门齿的黑脸儿子扶老妈上炕，一边账算着自家的五万斤果子窖藏到来年三月需要多少“环糊”浸泡，老妈在炕上冲儿子长“哼”了一声，说一想起你那花花媳妇就有气，可一看到满树的红果子气就消了。苹果在黄土高原上成了家庭摩擦的润滑剂。

收了果子，翻耕土地，施入菜油渣，又筹措专用的果肥；化肥他们不用，农药极少用，国际贸易组织测量这里果子的药物残留，夸赞这是一片未被污染的土地，水果想进入欧美市场要经过严格的检测。

狗叫了，一群狗都叫了，是天黑了，果园的警戒者竖起耳朵捕捉每一丝声响。半个月亮卧在宗山，唐太宗的子孙们夜夜劳作。月光清寒如水，关中大平原沉静而朦胧。硷畔的大楦柿熟透了，“嘭”地落下一个，又落下一个……

耀州阿姑

是一种玉摇金振的音响在滚动，是一条蹦跳欢快的小溪在奔流；走近了，正是一股水、一股清冽银亮的泉水，从千层万层的石板缝里迸出来，涌出来，挤出来；合成一股流，淌成一条溪，汇成一道河。若是清晨，袅袅的水汽飘绕起来，遥映着宝鉴山那边的云蒸霞蔚；女子们就来了，媳妇们就来了，阿婆来了，阿姑来了，她们来洗衣，来洗脸，来淘菜，朝这水的两边一坐，五颜六色着衣裙，赤臂着，裸腿着，粉红的肌肤在水色中荡漾，欢声笑语中棒槌起落，间或就有人唱起了秦腔，就有人相互撩水，就有人"阿姑""阿婆"地大呼小叫；太阳升起来了，西原上的人家就在天际线上吆出了两只牛，犁耕的鞭影中套裁出群羊的洁白，还有，收棉花打网套的叫卖声，一波儿一波儿地吆喝，一种合着天地律动的生活意趣就渐渐浓起来；小溪流里，一疙瘩一团块的皂角泡沫，从阿姑阿婆粉红的腿肚间漂流出来，把药王山头的朝阳分解成七彩的明灭……

这就是陕西耀州的锦阳川，这就是锦阳川里活蹦乱跳的阿姑泉。

有专业人士测定，这股泉水是从一亿五千万年前的岩层里渗出来的。有人就说，它来自大山底下，很深很深；有人就说，它的源头在化外之地，很远很远；它从坚硬无隙的岩石中浸渗过来，一路走得很辛苦，很辛苦，那些不堪前行的杂质被一遍遍地过滤，而今捧到人们的手上，唯有纯净和洁白。或许那是秦时的一场豪雨，或许那是唐朝普降的甘霖，地表的浊流一哄而去，入了土的雨水，一点一滴地渗下去，解了茅草的干渴，润了石缝的焦躁，再往下漫延，往下渗透，唐朝的接上秦朝的，宋代的承续着唐朝的，它比史的延续更为缓慢，比人的传衍更为艰难，如今流到你的杯中，那不是玉液琼浆是什么？

于是就有了“阿姑”牌号的矿泉水。其实，把她归入“矿泉”一族的饮料，实在是下嫁了她。她是你可以用炸药开采的吗？她是你可以用烈火冶炼的吗？她是你可以用化学提纯的吗？她是你可以用科学合成的吗？

这里生长过北宋的大画家范宽，他笔下的山水悬于宫廷，但他终生的流连之地是太华和终南；这里走出了书法的宗师柳公权，北方的山脉就擎起了唐楷的骨殖；这里成就了医家孙思邈，他出入宫廷却甘愿行走民间……这就是耀州文化的立场和价值观，那么，阿姑泉——伴随着座座文化高峰而万年流淌的民族精髓，她的天职首先是滋润民间、造福百姓，为这一方土地的繁荣、人丁的兴旺尽心献身，这是因为：她高贵，村里的阿姑从来不与权贵攀缘；她纯洁，千年万年里她自觉修滤从未懈怠；她朴素，一如水乳大地专为百姓而涌流……于是，你看到，这里的茄子，色纯体硕紫玉耀金；这里的线椒，长达七寸火红透亮；更不用说了，锦阳川的女子、汉子、柿子、麦子、骡子……

一片黄栌的落叶顺水飘来，细浪冲淘中，密密麻麻的叶脉亮如金丝；太阳升起来了，一阵村姑的笑声传来，又是谁家接通了引自泉头的自来水管呢?

柞水观天

天是一个古老的概念。佛家乃言，西天极乐，有七宝莲池，有琉璃建筑，人皆圣者，性不分男女，位不别君臣，只是师勤生勉，只是佛法普照，只是天乐共闻。到了柞水，看蓝天清远，白云悠悠，看山花鲜艳，听樵民野歌，就疑心到了世外福地，喟叹浊风侵蚀时世，何以会有桃园幽境遗落人间？有时论家言：天庭四柱，缺一则倾，故东南塌陷，其世道人心已非经典情怀；而西北高崛，有先民耕织之风，虽物欲不举，却无疮天病地之祸。于是作想，柞水在西北，有天柱高擎，故清风教化，月光铺地，四向空阔，民性协畅，该是尧舜裔种也！

言未毕，又一种声音在质问：东南繁华，金水流淌，民皆暴富，物质文明；而柞水原始山川，木材腐烂，美女流失，父母官尚不能按期拿薪，况一般官吏百姓？

一种声音清灵悦耳，一种声音惊世骇俗，两难了做文人的，就投足再做柞水行。眼见为实，耳听乃虚，我非两栖动物，入海喝水，上岸吸气，见啥啥好。入境考据，知柞此为流放之地。唐通天元年始置柞水县，取境内柞河通流柞林遍布之意，后政区流变，时而割属四邻，时而圈设府衙。近代两世纪，前一个半世纪属关中道，后半世纪归商洛署。县府在秦岭南坡，乾佑河畔，夜珠坪、普陀庵、晒裙岭、天书山、玉皇顶，山川景物浸润文化意味，不知先朝何以辱之荒蛮之地？

置身对峰台顶，见云从岩隙生，碧从草叶流，就知道乾佑河边的浣衣女子何以玉臂如藕，就知道云台山上的汉子何以声巨如豹，就知道香港人何以据此执意办厂，丝绸厂的产品何以旺销五洲……上有纯绝之天光云影，下有灵秀之山水人物，地理上的卓越就决定了物产上的优异，谁说柞水落后？当然，山村乡野地，掩藏畸色风情，偶有痴呆傻蛋，刁野蛮徒，但这类货色难道北京没有？难道深圳没有？评议器物，重在质地，考索地域，方法类之。柞水的质地在纯、在璞，在民族文化形态的本始风貌。

问我感想，聊做归纳，一曰这里人民可亲。入市察检，或卖核桃板栗，或售槲叶龙须草，皆市声绵软，绝少欺诈，成交与否，俱赠笑脸儿一个，留您悠久回味。二曰这里女子可爱。举凡村落城镇，女子皆颀长腰身，或提篮或执伞，举手投足皆诗女做派。或许她没有读过中学，或许她没有到过西安，古风的遗传使十六岁的她和四十岁的她一样端庄柔美。有作家坦言：这是一项资源！让她们开饭馆、导旅游，绝对扯走秦俑馆的生意。也有论家说：美人可以娱目，娱目就是审美，审美是作用于精神的消费，由此感染外人，岂不是对精神文明的贡献，岂不是对中华传统的发扬？三曰这里山水可玩。有名的石瓮乡，无山不洞，无洞不水，小如豆眼，大若龙宫，或滴水穿凿，或暗河滔滔，堪称北国奇观！问县长王甲训何故，答曰柞水遍布“喀斯特”地貌，境内两千三百平方公里，洞穴勾连地下，是神秘境界，喇嘛洞、玉霞洞、药王洞、天书洞、百神洞、云雾洞、佛爷洞、风洞、龙洞、天皇洞。一洞一历史，一洞一奇观。再问：何不开发搞旅游？县长云：已开发、正开发、待开发，洞洞都在动。又说，待秦岭隧道打通，此地距西安七十六公里，二级公路一小时行程，那时柞水就更开放了！

开放是个好。但若干现实呈示的却是另一种景象：经济开放了，道德沦丧了。

见我忧伤，县长就指着对峰台上的贾僧题联。联曰：两峰守一烛你守你身，一揖拜百佛我拜我心。解释说：守你身就是守传统，拜我心就是拜经济。

心想：柞水是现代文明的一块弃地，更是历史遗落的一颗珍珠。弃地要开发，珍珠要放光，守住仁义道德的净土，又要倡扬经济发展物质，两全虽难，却是理想，垫稳这两块基石，放言重铸民族灵魂就不是一句空话。那时，我们就可以拿一首老歌来唱新词：柞水的天是晴朗的天，柞水的人民好喜欢……

旬阳意境

主人回去了，牛还留在河边。沙滩在它面前白着，暮色是一片银。旬河淙淙流淌，带走芦葫岛上的春梦，送来美妙如霜的月光。有老者在滩岸上做气功，如钟的身坯子披半肩明亮，五官虽朦胧，沙地上的影子却剪出一种气概。

晚风柔若丝帛，淡淡然滑向汉江，那里有几簇渔火，歌子就有一气没一气地传来。想象中的歌者是一位姑娘，声音的色彩里闪烁女红意味。山坡上有人用手电筒当空扫射，明亮的大月使电光英雄气短。

一行学者去考察汉江，翻秦岭，过柞水，越镇安。跌跌撞撞风尘仆仆，天黑赶到旬阳县，街上清冷，市声寂寥。叹无好去处，灰冷间，有人瞧见了那头牛，老教授就提议：看牛去！于是有了笑声，有了奔跑，有了高跟鞋的抱怨和高智能低体能者的喘急呼吸。到了河边，才知道最美的不是那牛，而是牛背上的一袭月衣，就举头眺望，疑心那薄薄亮亮的圆月是银纸贴的，让人觉得不真实。月何以大，何以坐落山头，似乎伸手可触得。天不广大，却蓝得圣洁，几点淡星，散散落落，高雅如交通大学的女生。

三几男女，在水边做活。无声，却见手脚忙碌，仿佛浣衣，仿佛淘草，又仿佛与河流共议生活。老教授说：“风景是一种距离，距离产生审美空间。”

那牛就被人牵走了，哞儿哞儿叫得好听，尾巴梢子划出柔美的弧。岸上是城街，街上是楼房，房里进行着有情节或无情节的故事。几束灯光渐稀渐暗，梦中的意识流恬淡虚远。这是月光之夜，人们在市场经济里劳累了一天，都乏了，赏月在他们是秦朝的事。

秦时这里称旬关，一武士留守，把《离骚》的软声挡在外头。问老教授这里有什么历史掌故，老教授说：“我是唐朝的教授，明朝的西安城已两年没进去了，听说钟楼底下挖了暗道，也不知道这座古建的根基是否受到影响。”年轻学者就说：“老教授居庙堂之高，则忧其民；处江湖之远，则忧其君；你就安心赏你的月吧，旬阳的月比长安的月圆！”老教授就不说话了，所有的人都不说话了。人们斜倚在沙地上，身躯感到地气蒸冲，静听灵魂沐浴月华，就知道龟何以寿，蛇何以蜕，流水何以不腐，青竹何以空节，全赖于亲近自然，今天来了，月夜静坐，检讨文明，思索欲的极限，把老子请回他的庙堂，悔过还来得及。

旬河绕个葫芦形的弯子到汉江去了，岛上的吊脚楼如木刻刀雕。粗硬的折线把扼腕的力度铸入岩石。岛中央的孔庙高耸着，几株古柏在新月下苍老。那座涵洞打通了，电光在洞眼里闪烁。夜行车似绿眼甲壳虫。

老教授忍不住要讲：“月华、水色、河滩、吊脚楼，这完整连续的空间，是旬阳意境的基础；牛，河边人，做气功者，是旬阳情绪的弥漫，这是灵魂，也是精神，如长安一片月，万户捣衣声。故旬阳内意尽理，外意尽象，又一条水浇活了情中之景，难怪土产的‘祝尔康’香烟在西安供不应求，人们吞进的是神韵，吐出来的是意象，时间艺术中有了空间范围，意境就活脱脱生出了，旬阳是一座水的城啊！”

清谈间，岸上半坡的楼窗有彩光流转，问河边涤者，答说是卡拉 OK 厅正红着生意。老教授就一跃而起，巨声说：“弟子们，咱也卡拉 OK 去！”有年轻学者问：“你不知有汉，何论魏晋，你听的还是电子管收音机呢！”老教授坦诚挚言：“我真不知道卡拉 OK 怎么个吃法。我四十年研究唐朝，唐朝没有这个东西。”弟子们全乐了，告诉他，卡拉 OK 是唱歌的。

老教授要去，一行人就去了。

老教授是癌症患者。

佛坪纪事

此行的目的是看熊猫。过鄠邑，出周至，一路上狂歌不断，欢声陶陶，人说这车上拉了几十头叫驴。也不怨人家，人家正割场，正在收拾杈耙农具，正要喜开镰、龙口夺食，你们却远游闲逛，还沿路大呼小叫，不招人骂不是太便宜了你们?

刚上到半塬，汽车就坏了。乐极生悲。到几里外的镇子上打电话，从二百里外的西安请修理工，还不知配件能否找得到。一群叫驴成了蔫羊，散在半塬上。涧畔有嫩草，他们不吃，他们只喝矿泉水。有人折了麦秆吹“谜谜”，孤独的叫声里充满悲凉。有人蹲在大路边摆“狼吃娃”，童年的游戏压不住心中的烦躁。有人就提议比赛扔石头，无聊者把无聊扔向远方。

汽车重新发动已是八个小时之后的事了。只能在夜色朦胧中翻越秦岭。车灯在急转弯中扫过崇山峻岭，不知身旁的沟涧有多深，只知冷森森的云团扑面而过。汽车忽然驶入沟底平地，两排矮楼隐映着一片繁华。接着是三家两家的小饭铺，是灯火明亮的小商店。司机猛地一刹车，喊：“佛坪到了！”

这便是县城。到旅店放了行李，洗把脸，上街吃饭。但见满街是川菜馆，老板娘皆花枝招展。菜上来，果然一桌都市意味，居然还有生猛海鲜。不知怎么就醉了，就满街游走，所见唯有沉寂的夜，夜得不可见画面，还有梦，梦非常清凉。天上明星闪烁，空中却有细雨飘拂，搞不清这是一种什么气候。

次日到佛坪野生动物保护区管理局办入山手续，又参观动植物标本陈列，还看了关于大熊猫的录像。在河边饭铺用餐，有山民背着布袋叫卖，以为是香菇核桃，打开袋口，是一条斑斓大蛇，三公斤重，九尺长，卖价八十元，店主还其七十元，生意做成，同伴纵我付饭馆十元，索取蛇皮，我如其言，小老板爽快答应，双方欢颜。

乘车只到山口转运站，为我们准备的菜蔬食物已有山民背驮而去。

我们的最终目的地是三官庙熊猫保护站。此去尚有六十里山路必须攀爬，道初平坦，十几里后便是凉风垭山脊。然后顺沟而下，有苍老树木满身苔絮，有红桦亮皮如纸旗飘摇，有冷杉笔直挺拔，更有连片的漆树通体缀满人字刀痕剧痛而亡。最壮阔的是满山的竹林，最陶人精神的是一涧溪水；溪水清甜明亮，或汩汩缓流，或飞湍直下，将漫山的生灵滋养，将一方世界的精神激活——这就是大熊猫生存的外部环境。

六小时后到达三官庙，驻足方知身上冷。保护站的工作人员拿出羽绒衣裤，又命民工背来干竹生大火，我们始知此地气温比山外低十多摄氏度。三官庙保护站地处小盆地的中央，四周山势柔曼，未见险山恶崖。大家急于知道熊猫动向，党站长说遥测熊猫方位在每天早上进行，又介绍说三官庙范围内大约有二十六只熊猫，其中七只身上带有无线电跟踪仪，熊猫游动情况基本上是清楚的。问及别的动物，党站长说此地最常见的是羚羊，其次是豺；豺最可恶，它可以将熊猫咬死，吃其内脏。熊猫是远古动物的活化石，它的自我保护能力极差，又视力不良，消化系统萎缩，吃馒头也消化不了，且雌的每三年才生育一仔，倘听任自然存在，灭绝似不可避免。三官庙这一院平房是用世界银行贷款修建，二期工程的投资将由联合国承担。

黑夜降临，熊猫要睡觉了。此行有两位导游小姐，小王美手如玉，小刘乌发如云，二位点燃篝火，明亮就在山间闪烁。录音机唱起来，大伙且歌且舞。善于歌舞的蔚女士面山而坐，支颐沉默。邀其共舞，她说：熊猫太可怜了，明天找着熊猫了，我就跟熊猫走了，不回去了……干竹亮燃四个小时，司火的民工收费三十元。

次日早，天阴沉着，同伴催跟踪员测熊猫方位。无线电讯号“嘟嘟嘟”播向四方，顷刻，我们被告知，最近的大熊猫距保护站四十公里。说话间下起小雨，站长说，林子里没有路，又不能使用雨具，还有各种危险随时存在，谁去呀？

理想的巨人在科学的巨人面前现了原形，党站长在微笑中安慰沉默者，说你们心意到了就什么都有了。站长谈兴广泛，读过不少文学作品，说他喜爱贾平凹，也喜爱陈忠实，还说这里盛产“淫羊藿”这种草药，建议大家采一点回去晒干饮茶，可以强身健体。

饭后小雨依旧。我们去祭奠一位科学工作者。他是广东人，一位北京大学野生动物保护系的学生，为了研究熊猫生态，他坠山而亡，年方二十三岁。水泥墓堆很矮小，青石的墓碑昭示他青春的价值。我们向他献上野花，又三鞠躬。蔚女士哭了，许多人泪眼婆娑。

然后去采访山民。他们不是想象中的贫穷落后。仅有的四户人家皆新房宽敞，我们甚至登上一家阁楼，看大板柜里储存的陈年豆子，还有木耳香菇核桃药材。两户人家有缝纫机，四个姑娘或媳妇烫了头发，附近有小学，一位教师教着十几个孩子。我们给了一位山民二十元钱，嘱他晚间送一筐熟洋芋过来。

一天都是雨。蔚女士问党站长："下雨天熊猫住山洞吗？"站长说："一般没有山洞，就在野外。"蔚女士说："那浑身都淋湿了，女的还抱孩子呀？"站长说："抱孩子也得淋着，它就是那个性格。"大家又议论说盖房子将熊猫圈养，站长说那绝对不行。有人就说："性格就是命运啊！"

天又黑下来，冷风飕飕地过，雨还在下。有人问蔚女士："这会儿让你跟熊猫在一起，你去吗？"

蔚女士一跺脚，娇娇地说："它是动物嘛！"

镇安游记

听人说，祖国处处可爱，镇安山水除外。想象中，那里山险水恶，瘴气迷漫，该是野人居住的地方了。丁卯年苦夏，脑子里的神经亢热得麻痹，有镇安文化局徐某邀请讲创作，说山里清凉如秋，便匆匆地去了。想这一方被人剔除于祖国可爱山河之外的领土，于今竟也有了弄文学的要求，世事进化之快令人感慨。

车过黄花岭，沿乾佑河南下，过柞水县，不一小时便到镇安。县城如居瓮底，四周皆山，山笼罩在灌丛杂木中，不见石质崖土，有小巧县河偎城环流，清水潺潺，银波动荡，若小儿绕膝作娇，甚得游人怜爱。讲课之余考察县情，知山城文化的重要向导是县剧团。县剧团几十号人马聚集在一方小院，家家门前劈柴成垛，饭时泥灶炊烟，缕缕绵绵，弥漫着农耕文明的味道。可是西安的迪斯科、广州的蝙蝠衫全由这里向县城扩散。这里集合着全县的漂亮妞儿，也集合着全县编导演的全方位人才。他们的剧种非秦腔也非汉调，而是一种由本地小曲发展成的“镇安花鼓”，其旋律柔绵、细美，表演载歌载舞。该团创演的古典戏《牧童与小姐》曾获陕西省戏曲会演二等奖。因为电视在当地居民的文化生活中尚不占主要地位，所以剧团便成了山城里现代文明的集散之地。

一进剧院大门，首先一幅标语横在眼前，道是：强烈冲击自然经济，加速自然经济解体！ 因为镇安历来无集市贸易，山民们甚至以货币交换为耻。 说是外人入了远山，路过人家，可以讨吃讨喝，但拿钱购买却不行。 山民们养得肥猪年终宰了，割成条子肉悬于梁上四时享用；种得甜高粱酿成干榨酒满坛子盛了，饭后饮一瓢以醉身心，完全是一种自给自足的封闭式自然经济。

如今，商品经济的大杠杆也伸到山里来了，封闭被打破，闻名中外的镇安大板栗年销量百万斤以上。 山民家里，热水瓶有了，手电筒有了，洋戏匣子和电褥子也有了……由此山民们不再冷漠于交流和贸易，相反他们自己也日渐“现代”起来，据说给桑蚕饲以维生素便是他们提高蚕茧产量的一大发明。

镇安居民来源有二：一是关中移民，二是由湖北逆流而来的“下河人”。 这片土地夹在雄秦秀楚之间，其文化形态呈混交状。 混交必生优势，这在地域文化上，显见的一个特别处便是镇安民歌。

公干之余进山采风，所见无不异彩纷呈。 现代艺术的无根飘摇状态促使许多有抱负的有良知的文学艺术家，在文化对位上做了逆向选择。 尽管有人做极端理解而去表现荒蛮之地和原始初民，但宏观上仍不失对工业社会副作用的困惑和反思。 我们依此理解并进山采撷，感受到南北文化在力度和质感上的不同。比如陕北民歌的粗犷辽阔，关中道情的厚重浑拙，这无疑与黄土高原和渭河平原有直接关系。 而镇安民歌甜美柔秀，其实是山明水秀的楚地文化之特色。 这从民间刺绣、居室布置、民情乡俗都可以明显看出。

关中人祖堂上供奉“历代祖宗”，下河人祖堂上供奉“天地君亲师”；关中人丧了考妣悲天动地、披麻戴孝七七四十九天，甚至周年之内头发也不要剃了，呈现出儒家文化的繁重因袭；可在镇安，死了双亲便敲锣打鼓舞蹈唱孝歌，表现出一种宏观辩证的豁达态度。由此溯及婚姻生态、土地观念、家族伦理，等等，均比秦人更易便通和灵活。

此地无论山村野道，但凡年轻女子皆衣衫艳丽，且行走无论阴晴皆着一把阳伞。在木王林场，见一妙龄女子，与男人们划拳对酒，左右开弓，锐不可当。询问当地向导，知此地风俗，酒桌上不分男女。唱民歌在此为一大乐事，中老年妇女长于此道，题材以闺怨、偷情、思春为多。如一首《叹春季》，歌曰：叹春季，撇奴家在正月节，相夫子修行去，又把奴撇；撇奴家正月二月和三月，奴有苦处对谁说？望夫望得桃花开哟桃花谢哟喂，桃花谢了夫也不回来唉……

如此一唱三叹，哀怨悱恻，非切身苦衷不知其意味。更有吟唱偷欢私情之类，真实而大胆，关中人实不可想。这类歌曲常由村妇传唱、妯娌互教而流传不衰。其原因一在山区生活寂寞，二在情感宣泄，综其根本，是地理上的缘故。

地理上，镇安山地在地质上新生代强烈皱块断裂作用下，形成两山夹一川的地貌总格局。这里属秦岭南坡，山体高峻宽大，地貌垂直分带明显，第四季古冰川作用及现代水流切割作用强烈。自喜马拉雅构造运动以来，随秦岭的变化趋势，这里西部隆升幅度大于东部，如柴坪、达仁、木王等县域西部区乡，山体高险褶皱密集，致使全县总地貌呈西北高东南低的簸箕状。

此地水系归属长江，地界南临湖北，所以“下河人”于兵荒马乱年岁溯水而上以避战乱便很自然了。

人说镇安“山高皇帝远，神鬼也不管”，所以历史上曾被作为流放之地。此地在秦汉时归汉中，唐时改属雍州，五代归安康，明归西安府，民国复归汉中，20 世纪 50 年代后属商洛至今。因地域偏远，历代统而不管，所以地域文化自然资源都较多地保留着原生状态。

面对这一片博物馆式的人文自然生态，说其可爱似嫌淡薄了。我想，开发固然势在必行，但珍惜和保护更具战略意义。君不见丹江那边固然是开发了，可江水变成酱油色，沿江百里的五色鱼、老鹳灭绝，连两岸人家饮水洗衣淘菜都成了问题。如此的生态平衡失调，现代经济留下了后遗症，诸位管事大人千万要切切于心啊！

根据最近的消息说，西安至安康的铁路将从镇安通过，十多万的铁路工人聚集镇安城里，一时间，上百家歌舞厅、桑拿浴、卡拉 OK 遍布大街小巷，成了耀眼风景。现今中国最长的秦岭隧道已经打通，铁路修成，西安到镇安不足一百公里，现代都市的文明与文明病同时入侵山城，人所担心的是经济发展了，道德沦丧了，人文贬值了，风景破坏了……但据说发展经济是硬道理，其他的一切都是软道理，呜呼，待环境污染、艾滋病流传之时，硬道理软道理都是没道理！又据说，铁路贯通之时，镇安的大西沟铁矿将全面开发，武汉钢铁总公司派来几万人马开山放炮，到时候，山里的锦鸡、羚牛和金丝猴又将往哪里去呢？

古原即景

可怜的小蜥蜴，拖着干枯的尾巴，张着支撑嘴的两小片骨骼，固执地望着昏黄的天空。空中依旧无云，大太阳炙烤着茫茫的黄土，雨水只是八个月前的记忆。

土地从小蜥蜴的身下蔓延开来，成涧、成峁、成梁、成塬，成一堆笨拙而琐碎的手艺。后来，历史从它漫长的指缝里洒落一些雨星，诗意和凉润便在歌手的臆想中传诵。恩赐在虚脱中膨胀，雨滴在回落土地的一刹那变成锤子、剪子、锯子、斧子，浑圆柔曼的高原被切割开来，剖心挖肺、乱刀斩剁的残酷。从最细碎的沟隙到巨大的裂谷，肥沃全流走了，余下一堆枯骨，又被无形的钉耙耧乱，认不清哪一块是上帝的颅骨，哪一块是魔鬼的肋骨，层层叠压的黄土线在地质史上是一团乱麻。压榨使上古的石泥产生质变。

所以在两千米的下边有石油。有小女子守在那里，一件红衫子，一顶草帽，一架往复运动的采油磕头机，青春伴着原油的产量增长。油井里抽上来有水，但不能喝，必须回灌下去。背上的小水壶里，早上来时娘给灌了凉茶，但在八个小时的大日头下必须匀着喝。那么多采油井都在塬上，跟黄土一样裸露着，帐篷呀，小房子呀，窑洞呀，小女子说她连想都没有想过。参观者问：风暴呀，雨雪呀，你在井上经历过？她说：这是最常见的事。问她何不换个室内工作干干？她坦言：舍不得每月这五百块钱。她反问来访者：你一个月挣多少？

来访者是一位有良心的作家，他用无言的泪眼回答了她。后来这位作家说："相比之下，千字五十元是很奢侈了。"

小女子在高原上守井，最可怕的是孤独。

这里，绿是另一个星球上的颜色，想找一只蚂蚁玩玩也没有。从陕西的彬县、长武往西，甘肃的庆阳，宁夏的固原，历史上所谓的陕甘宁边区，是黄土高原的地貌博物馆，年降雨量只有四五百毫米。许多地方年降水四百毫米以下，失去农耕价值。从西北沙漠地带刮过来的干热风，把地表的虚土搬来搬去，人就在这种揉搓中存活。

也有水，在几百米深的沟底。一条打着硬折的盘旋路通到塬上，一个汉子弓腰拖着架子车，前头有黑瘦的小毛驴四蹄扣地，后头两个婆姨死劲往上推，车上的汽油桶里装着一家人的命。

也有井，八十丈深。磨盘大的辘轳，两个汉子绞四十分钟，上来是半桶泥水。所以到了秋天，家家忙着存水，也唯有秋天才落几场雨。人们把地里院里的积水引流入窖，吃一冬，吃一春，或许还能吃到夏。

这里没水，却生水灵水鲜的女子，南方一个模特队，一次从高原小县招走一米七五以上的女子四十名。这里没草，却产驴，庆阳的"钱钱肉"（用公驴的生殖器加工而成）名扬中外……

历史和文化的逆向选择造就了全国有名的状元县，自然和环境的严酷锻打，铸成了民族精神的优良质地。天文、地文、人文，三素合成，七月流火，九月授衣，三之日于耜，四之日举趾。三千年前的《诗经》就歌唱这种生态。高原把铁的素质注入华夏的遗传。江南花月虽然好，清风流水只“二乔”，黄帝周公秦汉唐，谁说黄土不养人？

噫吁嚱，历史的光荣只属于历史。荒原上，孤独的采油女子，耗一生青春不是悲，人间多了一克能源却是大慈悲。都市里，灯红酒绿中的摩登小姐也在用劳动消耗青春，也在消耗青春中积累财富。可我们开动机器的车工，挥汗耕田的农夫，待在油井上的女子，她们，世上所有物质财富的原始创造者，直接的结果是人间多了一颗螺丝钉，多了一粒米，多了一滴油。没有这些原初的创造，你又红什么灯？绿什么酒？

在这里，智者的嘲讽和伪者的矫情统统不起作用，因为高原是一位老母。她苍凉的胸怀中，可怜的小蜥蜴连尾巴也长不长。可历史的打磨把外在的花艳水色统统除去，余下的唯有热腾腾的胸膛。无言中，细碎的能量在深层积聚，黄土的团粒结构、生命的原核细胞，浓缩着高强度的人文能量，它支撑着民族精神的强固，也作用于当代生活的万千繁荣……

一阵金属的器响从沟底震炸开来，是一队头裹汗巾的苍老行者。他们爬行在稍陡的涧路上，头上的汗油和泪而淌。这是一支祈雨的队伍，打头的老道士嘴上起了燎浆泡……

寻凤记

砖依然蓝得青纯，棱角剥脱了，一个鲜色的、美如浑月的硬芯儿，卵石般齐茬儿相叠，益显那秦时火色的质量，益显那明时匠人的手艺。剥蚀的砖末儿，脂粉般细腻，又油膏般润滑。历史就这么被粉黛着、被销蚀着，连那勾缝儿垫连的熟石灰也气化而去，砖与砖的衔接尽成筷子宽的缝隙，成了蝼蚁蟋蟀们的安居地。这些老砖们摇摇欲坠几千年了，因为骨子里茬口咬得紧，使公元1556年的关中大地震徒有虚名。

这就是凤凰台，说是秦时造于雍宫，又说是明代渭河驿的遗物。谁也说不明白，原本的凤栖之地，历朝历代之后，红砖的私宅三层四层地丛生四周，甚至一座灰色的洋楼与之并根而起，大有生吞活剥之势。于是，一切的富丽堂皇都黑瘦丑陋了，凤成了传说，这里只生养麻雀。

时代毕竟重修了西观台，方方正正的青砖，雕刻龙凤的石栏，可以登级而上。上头是方砖平台，几十平方米的开阔，十几根圆木，不，是古老建筑上拆下的梁柱，一搂粗、几搂粗的，散发着凤凰台浓浓的仙古气息。数一数，都是上百岁的年轮。

看那些腐朽的榫眼，里边有几粒新鲜的鼠粪，黑珍珠般闪光……

平台上横竖一道墙，隔墙可见东平台上的半间庙宇里，住有居民。门前有丝瓜架，似乎还有辣椒。新洗的衣物搭在铁丝上。有老妪坐石墩上专心女工。

在小巷里踯躅复踯躅。前后错道的自行车铃声如金磬击响，老僧不知哪去了，附近的寺庙封了山门，有卖糖葫芦的在那里袖手打盹。不得不在这里驻足了，是十字街口，银色的弄玉公主高竖在街心花园，体如飘柳，箫还吻在唇边，只是无有旋律。脚下草花姗姗开着，黄尘朦胧着绿叶，疑是秦时烟灰。

《列仙传》云：萧史者，秦穆公时人也，善吹箫，能致孔雀白鹤于庭。穆公有女字弄玉，好之。公遂以女妻焉。日教弄玉作凤鸣，居数年，吹似凤声，凤凰来止其屋。公为作凤台，夫妇止其上不下数年。一旦，皆随凤凰飞去。故秦人为作凤女祠于雍宫中，时有箫声而已。

其实是一个美丽的传说。一个民族的历史或可用诸多美丽的故事串成。然而，位居咸阳市中心的瘦小凤台，淹没在一片夜市的叫卖声中。时人或可只认钱币为人间第一美丽。弄玉兮，那只是昔人的审美而已，出租车司机大声这么议论，频频催我上车。

我不坐车了。信步去求渭河。

暮色苍茫，空阔的河滩上衰草俯仰，风中饱含泥腥。渭河无浪，泥水缓缓涌流。西天蓦然一亮，是夕晖的最后闪耀，一眼看见城市下水口，七彩油色宣泄而去，渭河水肥腻了，鱼鳖水鸟绝迹了。

承认现实。眼前是一位十六岁的青年，沉静如终南青石，他伏在岸墙上，吟习英语，精神与天地浑然一体。问之，说是高中三年级了，准备考大学。

问：“环境这么污染，能念进去？”

答：“惯了。”

翠华云水

这是一片冲淘过的秋天，这是一条栉沐过的山谷，这是一处返璞归真的休闲去处；你要住在溪边，可看水中腾雾；你要住在崖下，可观石上生云；你要住在林间，可听月下虫鸣夜鸟梦吟……

这就是翠华山了。

倘是雨天，也只是雨毛毛呀毛毛雨，那淅淅沥沥的清琴丽韵声中，眼见那秋草湿得沉重，眼见那落叶流金溢彩，眼见那苍苔上的地软肥圆鼓胀，你就感叹在如今的浮躁世界之外，居然有此清心宁神的一方净土，实在是休闲人的福分。你可以不撑伞，任凭湿润沁入心隙深处，那冠状的动脉，那脑血管的梗死，那糖尿病的烦恼，那肥胖症的累赘，立时就通了，松了，轻了，就焕发青春了。

好在这雨说停就停了。路也不泥泞，山道也不滑脚，偶有一石如杌，你可以稍停一下坐上去，不用衬什么手绢，那白格生生的石质凉格沁沁地爽，连痔疮也要根治了去；说话间沣峪沟里就起了雾，先是一丝一缕，从鸣若佩环的潭边，从别墅楼宇的红瓦顶上，从松林晚照的亮隙间，从老枯肥硕的草窝子里，拉丝一般，纺线一般，抽穗一般，织锦一般，那雾的条条绺绺就弥接起来，在屋顶盘旋，在树梢缠绕，如透薄的丝织品，人就疑心是七仙女在晾晒她新裁的天帛；可一眨眼的工夫，这些淡的薄的雾气就蒸腾起来，在低空，粘连，凝聚，浓缩，成白生生的一团棉、一团面，旋转着上升，边沿也越来越光滑，就出落成一朵漂亮的云。沟边，崖边，林边，一团一朵的云就这么生长着，升腾着，从你的脚下升到高空去，在湛蓝的天幕上排列、行走，演义高秋的万千景象。

你的心一时空阔起来，胸中可以撑船，脑中可以盛山，你认定这沣峪沟的一趟不虚此行。哞然一声牛叫，田园牧歌就不再是画儿上的风景，你自己也成了风景，你的乌发红裙早被摄入对面山上的长镜头，你一个人的休闲成全了创作者。当他的作品给万千欣赏者带来美丽与喜悦的时候，你的生命在不知不觉中又完成了另一重意义。

无功利才能获得福分。

雨后荆山塬

一道土塬，从渭河北岸逶迤而去。这就是荆山塬。

时序正交三月，阳春的红太阳正艳，小麦拔节有声，草木舒散清灵之气。却突然就有了一阵雨，毛毛地飘在脸上，温温馨馨地让人舒服。不远处的现代农业，连片的白色大棚，听得见雨滴的碎声细语，听得见春风的轻吟浅唱，那是塬下老汉吸一袋毛烟的舒坦，那是采莓姑娘心上的旋律；一张热帕搭在肩上，一盅清茶掐在指间，新采的草莓艳在盘里，淘气的黄瓜蔓子在脚边蹭痒；华丽的遮阳伞下，一方乡贤，几许村姑，他们喜悦着大棚菜每平方米的收成，也谈论着老祖婆那只老纺车的变迁……

雨过天未晴，一抹淡淡的雾从荆山塬上斜斜地扯下来，远处的坟陵上升腾着袅袅之气。有农妇从塬畔上一扭一扭下来，贼亮贼亮的不锈钢饭桶桶折射着云隙漏下的一束光；丈夫搓着手迎上去，妻子撩起绣花的围裙在他脖子上擦了一把，油泼辣子在地头摆开，农家饭里不含高蛋白和高脂肪，农时也不许你细嚼慢咽。正是上午十点，家家杯盘叮当。现代农家绝了炊烟，来塬上写生的画家找不到经典田园，那种林泉高致的情调断了牧歌牛叫的支撑，他只得在几孔废弃的窑洞前踯躅，思古的幽情怎么也打不开。

小麦拔节有声，油菜孕黄点点。鹅黄嫩绿的背景里，是河湾里老枣林的庄严肃穆，特产的相枣原先是送往宫里的，木槽榨油只在老祖母的灯盏里燃烧。如今，全不一样了，涧畔的酸枣刺突现皇家气派，编了号的功臣树施肥只用油渣，枣子刚开花就被外贸部门定了产。一搂粗的，两搂粗的，三人不能合抱的，明朝的枣树尚存一千三百多棵。慈禧太后西逃那阵儿，吃了上顿没下顿，是宽厚的塬上人送给她枣儿馍，她度过了饥荒，却把“一品寡夫”的牌匾送给了泾阳县的吴家，人家赞助的三十万银圆能让她花天酒地一阵子。

脚下的黄土软如酥糕，饴糖的清甜顺着麦叶子向外扩散，雨露使这一片庄稼葱茏蓬勃。画家又来了，他的调色盘里怎么也调不出荆山塬上的墨绿。轰然间，他身边出现了一群羊、一群农妇，牲畜们齐茬茬咬食着拔节的麦苗，农妇们人手一把弯镰，急慌慌猫腰割着青苗。画家急了，拉住这个妇女，阻拦那只山羊，语无伦次地喊叫：“这，这是破坏农业啊！”

提不锈钢饭桶桶的妇女赶来了，拉住画家笑弯了腰，她说：“这地方要建一个大广场啊，机械施工队一会儿就上来了。”

画家问：“什么广场？”

妇女答：“黄帝广场。”

画家怒了：“发疯啊，这儿离两座皇陵老远啊！”

妇女答：“黄帝在这儿铸过鼎，专家都来过几回了。”

画家说：“听不懂。”

他一脚踢倒画板，扛起速写架走人。

他脚下带着大坨黄泥，地畔上的小麦拔节有声。

周原晨晖

这是一种辉煌的静穆，一种原始雄力的结聚；从东方，天地离合的苍茫处，血的元气膨胀起来，瞬间便做了力的激射、光的喷发！ 于是，一个巨硕的生命出现了，它光华激射五十亿年；太阳，以她二千万摄氏度高温的氢核反应和每秒六百一十七公里的物质抛射，养育和造化这距它一点五亿公里的星球和这星球上广博繁多的生命……

于是，八百里秦川便小如芥粒，一霎间就被照透了！ 函谷关的晨雾尚在黄河边宁静着，“周原膴膴”的厚土上便响了牛铃和棒杵，这不正是“千耦其耘，徂隰徂畛”的好时光么?

一群人，一群衣衫褴褛、扶老携幼的人，从豳地(彬县)跋涉而来，五百多里，近百个日夜的迁徙游移，他们累苦了，蓬乱的须发纷披着，宽大的胸胛上裸露着战伤。 他们遭了戎狄的袭扰，不得不离开十代经营的豳地。 可是，苍茫茫黄土连天，何处是他们休养生息的去处? 就在这个辉煌而静穆的早晨，突然，凤鸣岐山，幽雅之声若天乐鸣动。 于是，他们欢呼，抛衣而走，赤身而歌，庆贺他们找到了祥瑞之地。

那位领头的大汉就要野宴聚餐，采野菜时，竟发现堇荼在豳味苦，在岐如饴，这又是一个吉兆！于是，众人们伐木结庐，筑城造室，不走啦！定居啦！

这就是周人。在这块“山前洪积扇”的黄土台塬上，他们开始了大面积的农桑作业。渭河，欢腾腾从塬下流过，脚下的黄土喷溢着芬芳。周文王仁政宽松，宫寝谐和。卑服亲耕，敬天保民；周公旦礼贤下士，明德慎罚，制礼作乐，秩序天下；由此，有了四方归顺，有了成康之世，一个强盛稳固的王朝基业由渭河平原四向辐射开来，溥天之下，莫非王土，率土之滨，莫非王臣！疆域扩大，社会发展，周人固不守祖业，而是利我则迁，后稷居邰，公刘居豳，太王迁岐，王季迁程，文王筑沣，武王立镐。他们，重农—裕民—制礼—应变，创立了八百年的皇皇业绩！周人，其民族精神的大气，其民族实政的固本博纳，迁延后世，或汉或唐，岂非正是这磅礴雄力的遗传和延展吗？

我来到周原的时候，距离古公迁岐已三千零五十四年了，有感于近代中国，民族精神的疲软孱弱，我来了，要领受那磅礴大气，寻觅他们东方文明的精神优势。其时，晨晖普照，小麦墨绿，菜花锦亮，大色块的强烈对比中有雾一样的蜂群，蜂群在做潮音般的轰响。没有听到凤鸣，有饱满的秦川牛在路边肃然挺立。

我错了，周原遗址很是苍凉，当地居民说他们原籍山东、原籍河南。于晨晖光芒中，他们平静而寡言。想那十八平方公里的城郭居室，想那中外瞩目的周人伟业，这古今反差数的历史搓动使我心绪不能平衡，我哭了。

其实，是感觉失误。陪同的王文林告诉我：这里是青铜器之乡，出土过有四百九十七字铭文的毛公鼎；这里出土的玉器蚌器卜甲卜骨为国内外学术界瞩目，这里的“周公庙”古木参天，曲径通幽，这里有宝鸡八景之一的“润德流泉”，所以旅游业——

“好了，你们依旧在吃周公，别的呢？”

我的朋友稍做踟蹰，又说：“岐山挂面是清室贡品，1931 年参加美国旧金山万国博览会，久负盛名；还有创于周代的岐山臊子面，用作清宫御膳的岐山面皮——”朋友不能往下讲了。我沉默。我的目光在远处延伸；广阔的关中大平原上，高压输电塔列阵一样排向远方……

王文林笑了。我回身紧握他的双手，我需要一种力的传递。他显然激动了，说：“岐山工农业总产值近两亿元，比 1949 年增长九点八倍，比 1978 年增长百分之八十九；境内工业企业四百二十九个，从业人员三点五万，引进新技术八十多项，社会机动车辆三千多台，中小学校二百四十三所，学生近八万名……”

在他倒背如流的朗诵声中，我的心又攥紧了。我不得不严肃地问他：“有谁给你布置了宣传任务吗？”他又是一乐，说本县考核干部，县情的熟悉程度是内容之一。见我情绪波动，他摊开双臂向我揽来：“走吧，去看看我们与港商联办的高档羊毛衫厂！”

其实没有什么意思，效益很明白，但那织机的繁乱和嘈杂很不合我的心境。不过，路过一家机修厂，我才被真正地激动了，这是一家纯粹的中国人办的厂子。那是一台大功率的沈阳车床，操作的汉子正在强力切削：高速旋转的八十毫米直径的钢棒，硬质合金的车刀咬着它，大吃刀，大走刀，但见“叭叭”声响如放炮，铁屑“嗞”一声卷作一个钢饼，即刻被“叭叭”地抛到远处……我看得惊心动魄，作想，如此强力切削，该不是周人气概的还原吧！

其时，周原上又一个辉煌而静穆的晨晖出现了，我们驻足目礼，仿佛被那旭光消融，唯觉心下的意识渗进三百米深的厚土。蓦然，一种宏观的直线思维在脑际展开：由周而今，由今而后，这宽泛旷达，博大沉雄的民族元气绝不会因某人某事而消失沉灭吧！

香溪鸟语

出安康城，往南，行十余里，有浅山青美，是谓香溪。香溪有洞，说是陈抟老祖来过，说是三丰仙人来过，还说有省长、县长来过。来过的，都要题字，都要吟诗，就都是文人了。文人是一个软球，高兴了玩它，不高兴了踢它，但人都还要把自己打扮成文人。

山涧有水，清浅仄细，偶尔聚一潭，有蝇头小鱼静浮，蝴蝶就在水边草叶子上蹁跹；或许还有几竿毛竹，竹叶子间的雀子就把脖子一伸一缩。由此，山谷里就有了声音，或者叽叽喳喳，或者单音长鸣，一时间满山的花草木石就都活泼了。

是日出未出时节，薄雾从山顶子上淡下来，在沟涧深处，冷凝成露，成蜂与蛾子的饮食；若在花间，就是花露水，是城里妇人美容的珍物。还有那板板石，琢磨砚台，雕刻器皿，光荣了高雅门第。汉江是一个多维的空间，出草鞋五毛钱一双，也出丝绸美化天下女子。这块地从前叫金州，河滩的沙子能淘出金粒。

盘山小径轻逸如带，有道人在上面沉稳地走。青色道袍随风飘摇，白色绑腿延续着古时的缠绕，乌黑发髻在旭光里亮烁，一把花胡子是天人合一的作物。山径细了，林子密了，有异鸟美声鸣唱，通俗一点的只顾自己呱呱；突然响了花腔，女高音般抖动细韵，就有低沉的嗓子木木地摇滚而来……太阳出来了，百鸟都要说话。有曳声断气的泼妇，有娓娓而谈的学究，还有卖布的个体户，炒卖股票的投机者；好像还有一位评论家，把文化和哲学扯在一起喋喋不休；一位调侃家，说人格理想是颗臭鸡蛋……

只有山溪不说话，只有松树不说话。沉默中，山溪又行了一程，松树又长粗了一轮。太阳红在东天，林木岩石有了阴影，阴影使高大事物显形，阴影也使低矮事物龌龊。人或为木石，人或为雀鸟，呆笨的未必不能长久，机敏的未必逃脱厄运。船在汉江里行，到了汉口也未必能捞到大鱼。

林子大了，什么鸟儿都有，香溪一副人世相。太阳高升，山岚褪尽，藤萝和蔓草伸出新的触须，乔木的阔叶子遮住一片清凉，无言的岩石上又落一层鸟粪。

林子里响起激烈噪音，有人扔一块石头过去。宁静。片刻，又有三两鸣啭之音，清灵如天歌。

扔石头者就说：“这还好听。”

道人说：“都是鸟语。”

垛口圆月

终南古刹里的银碗盛雪，怎堪比今夜的高爽？ 晚风流溪里的细浪濯足，怎堪比中秋的清凉？ 看一轮圆月端坐于古城墙的垛口，有谁能说出五千年中有几多盛世太平？ 哪个稳当与惬意，哪个圆满与高洁，哪个沉实与雅致，哪个文静与富贵，不，我羞愧于堆砌那么多粗浅的感觉，又可耻于一长串薄弱的描摹；它的素净简单，秋叶不足与之比；它的集簇寓意，海水不足与之量。 古砖叠成的一个“凹”形里，款款然搁置了一只银盘，你换一个垛口，里边置有一只银盘，再换一个垛口，里边还置有一只银盘，你不由得童心大发，沿城墙的垛口一圈儿数下来，你竟然喊不出“后小康时代”的感叹：“哇！” 你只悠长地、轻声地念出：“五千九百八十四！”又忍不住伸出指头，对着星稀清澈的长空写出一行数字：5984！

全长十三点七四公里的城墙上，总共有这么多的垛口！ 以一个垛口守三个兵士计算，总共用兵一万七千九百五十二名！ 就在八十年前，那个初夏之夜，“二虎”守长安最紧张的时刻，全城守军仅仅三万人马！ 可他们面对的，是十二万镇嵩军的虎狼之师！ 每个垛口点一盏油灯，每盏灯耗油以二斤计，一夜用去青油一万多斤！ 全城商民店家，油壶是十有十空！ 民间的传说不能说是空穴来风，但刘镇华匪军在城外烧毁四十万亩小麦却有白纸黑字的记载！ 城墙内八个月饿死两万多人，也是文史资料上的结实数字，更不要说城里边的投降派成立的商会组织破坏民间的抵抗力量！

“二虎”陷于危难中。

敌人的暗探潜入守军，内外勾结，欲在无月之夜爬墙破城！杨虎城、李虎臣及时破获了这个谍报，并当机立断将计就计。时在月初，天上星云隐映，地上危机四伏，垛墙上灯火闪烁，城楼上喇叭呜咽，“二虎”精心组建的“吊敌队”出现在约定地点。 秋虫的寒号时断时续，炮火烤焦的黄叶随风落过女墙，一队一队的市民在城墙上巡灯添油，软薄的炊饼在守城兵士间推让……

风高月黑，更声沉重。 就在当今玉祥门的大概方位，一条粗长的麻绳从垛口垂了下去，潜于城墙根的镇嵩军一个爬上来，又一个爬上来，城上的“内应”摁住一个又一个，一共二百多个，要不是一个兵娃子走火响枪，这一夜的战果会更加辉煌！

恶战在中秋之夜结束了。 那个圆月红得滴血。 八个月，从正月围城，到中秋撤退，西安人显示了团结与不屈，古城墙彰扬了坚贞与傲骨，明朝的祖先呵，地下含笑有知？

岂止是明朝的先祖？ 西安的城墙体系从隋唐至今已有一千四百余年历史，包括护城河、吊桥、闸楼、箭楼、城楼、角楼、敌楼、女儿墙、垛口、马道、溜水槽等一系列设施，构成严密的军事防御体系。现城墙是明太祖朱元璋洪武三年在隋唐皇城遗存的基础上，历经八年扩建而成，是中国现存规模最大而又保存最完整的古代城池建筑，为国家级重点文物保护单位。城墙高十二米、底宽十八米、顶宽十五米，可供六辆马车并行。包砖靠基石处加厚两米，顶部加厚一米。城墙砖中的明砖长三十八厘米、宽十八厘米、厚五厘米；清砖长四十五厘米、宽二十三厘米、厚十厘米。清代砖砌于城表，明代砖包在里层。城墙合围城市成矩形，全长十三点七四公里，每隔一百二十米有一座敌台，是十二米乘二十米的向外突出部，由此可向攻城敌人形成六十米射程的交叉火力，绕城共九十八座敌台；每座敌台上建有屯兵敌楼一座。城墙四角各建角楼一座，以储藏军用物资。东、西、南、北城墙正中各建有城门一座，门内的护门瓮城是为守城兵营，瓮城上的两边有城楼、箭楼各一座。瓮城外护城河内侧，建有控制吊桥的闸楼。城墙顶面以三层大砖墁砌，称作海墁。海墁外沿建一点八米高的“品”字形垛墙，全城共有垛口五千九百八十四个，垛墙中有悬眼供瞭望和射击之用；内沿建七十厘米高女儿墙，城墙里面建有一百米长、六米宽的登城马道十处，可由三辆马车并行向城上运送军需，城墙内每隔六十米建有供排水用的溜水槽一处；城墙外的护城河四十五米宽、十米深，绕城一周十四点六公里，是西安城的第一道屏障……

早春的虫唱是求偶，晚秋的虫鸣是寻穴。天凉好个秋是获得丰收的感慨，而贫弱者最惧怕萧瑟凄凉的使者。可是今晚，21 世纪的第六个中秋月圆之夜，我在古城墙头寻觅佳句以歌唱我们可爱的西安，我在垛口历数圆月以解今夕是何年的天上宫阙，我在低头思故乡的同时床前叠印谁家洋楼的暗影，我在慨叹天下三分明月夜几分清晖在长安。

我看见，谁家的计程车里射出银梭一般的响痰，谁家的大丈夫在绿化带解手方便，谁家的夜犬在墙基处翘起了后腿，谁家的贵夫人任由走狗随地溺便……

子夜钟楼下

先是那电车线“悠儿”地闪动了一下，接着脸上便微微有些凉，就疑心有三月的绿风拂过，顷刻，又听见了电机的沙沙声，春雨那样，拨撩得人心间湿漉漉的。夜行电车的门儿打个闪，吸走两个有着沉重身影的男子，又轻轻朝西华门方向滑去。众多的路灯吐射光华，钟楼四周似弥上灿然霞晖。北大街，清道夫幽幽地摇着一柄帚，微尘带着玫瑰味儿散淡开来。

邮电大楼前，夜色花月的美宵里，仍有情人相携相偎，一柄花伞遮了她，裙裾似一团卧雪。三两闲人在观察钟楼，惊奇的目光被那金顶的庄严反弹回来。他们不好意思地离去了，或许红着脸，但口舌还僵僵的，他们打出的口哨儿有点结巴。

四条大街在这里交会，这里向三百万颗心泵供血。庞大的运煤车弯进一条小巷，娇小的三轮卡车在每个门牌前卸下一点什么。巡逻车昏昏地绕钟楼转个圈子，车尾的红灯一闪，转瞬没了踪影。城市睡着了。末梢神经没有睡着，毛细血管没有睡着。宏观的和谐依赖于无数个细枝末节的支撑。

一个醉汉过来了，他没有拉吐秽物，只是走一步打一个喷嚏，他鼻子痒痒；还有两个外国人，叽里呱啦朝钟楼饭店走去，或许他们在议论易俗社秦腔吼声的分贝是否超过了噪音界定；一个女学生过去了，又一个女学生过去了，接着是一群，释放出春鸟般的鸣啭；自行车的轮圈反射出碎银亮光，汩汩然如小河淌水，好你个夜大学的精灵们！

南大街花灯色暖，南门城楼慈祥如佛；良好的通视效果益显了“日本料理”雅乐的清灵。洒水车开过来，水雾就罩了街心花园的巧色巧形。揣测南郊大学城里，该有多少知识的喷头在浇洒？师大校园的垂柳，外语学院楼前的小草，财经、政法、公路、矿业，这些大学里，各门各类的精英人才不正在这夜的濡染中潜然成长吗？长空闪过一道电光，又闪过一道电光。我知道了，西郊电工城里正在沸腾。高耗电的作业，子夜里正是黄金时间。一只家用电阀，一座核电机芯。一枚袖珍插耳，一座太空飞行器的日光电翼；您说得清有多少只手的劳迹，有多少脑的思维，多少春血沸沸的心？共和国哟，人民这样塑造您！

不去说了。不去说东郊纺织城里那些女工。田野上棉花吐绒的时候，她们织；夏日里热风熏蒸的时候，她们织；机杼鸣溅的旋律，棉线牵引的脚步，一个世纪一个世纪流过，她们一代一代传递着额角的皱波……她们也骂人，她们也撒泼，当奶场送来腐败奶汁的时候，当交通车甩站她们迟了上班的时候，当避孕药具失效的时候……

在这一切的不和谐里，共和国哟，人民这样支撑您！

子夜钟楼下，我凝目于青碧的夜空，半个月亮瞅着我，我说：既然大家都入睡了，那么我也入睡吧！突然，天空飘下半个风筝，我捡起它，想，好个孩子，这个理想飞得远！

“干什么的？”喊声从巡逻车上传来，我朝邮电大楼前的花园望去，那里，一黑一白两个身影，天鹅般飞翔而去！ 是一对恋人，爱得太深，时间凝固了。

美好正在子夜。 那雪松愈加青翠了。

北广场抒怀

一尊塔影，在终南山下搁置了千年。一则神话，在黄土的裂隙里延续着破碎的经验。唐僧的夜明灯，照不亮寒窑的凄冷；八水的沙滩上，灭绝了旧雁的爪迹；十三朝的明君，留不住灞河的涟漪……

历史终于来到21世纪。第四个早春，新曲江的大手笔轻轻一捺，慈恩宗的祖庭就突然闪亮：梵音在天花纷飞中长鸣，万佛在国泰民安中微笑，文化展开复兴的画卷，法水在三宝辉映中飞溅！昔年的残衰杳无踪影，谁在北广场上高啸：俱往矣！

这是一池唐文化的浓汤。大门正中，六米见方的铜铸史册，凝重着贞观之治和开元盛世的辉煌。在八级跌池百米瀑布的法水两侧，麻石雕塑的八位历史精英，以他们的思想成果支撑着大唐文化的宏博与精深。李白有了一杯酒，豪放的性情就渗入中华民族的精神之中；兴庆宫丹墀上的靴迹，沉香亭雕栏边的旋律，诗仙的歌声从庙堂飞向田野。杜甫有了一杆竹杖，“三吏”“三别”的哭声里就有了扣向民间的敲打，茅屋秋风之歌就唱响了天下寒士的希望，中国文人就守稳了平民的视角和立场。

孙思邈打开他的药葫芦，黄种人的健康便由此奠定；怀素挥笔狂草，线条的艺术在世界文化里成就独绝的华章；一行举起他的黄道仪，满天的星斗在掌中运行；陆羽撒下几片香茗，全世界的客厅里都氤氲着芬芳；王维焚起了香案，禅意的慧明诗画的天光，岂止照耀着终南别业？ 韩愈文起八代之衰，他首领的古文运动，完成了中国文学从浮艳向质朴的转换……啊啊，唐代的文化巨匠何止八位？ 一个朝代的强盛将中华文明推向世界之巅，一千多年后遍布各国的“唐人街”，依然是唐文化在抒散芳香。李白杜甫们是中国的，李白杜甫们，更是世界的！

这是一处精神的田园。 以大雁塔为视角中心的北广场，发扬光大了玄奘创立的慈恩宗祖训。 三向四座三门式石质牌坊上的匾额，中匾书出颜真卿，配匾书出王羲之王献之；北正门西牌坊北面书“慈恩祖庭”，南面书“法相宗脉”，配匾为“塔标高境，水流梵音”“善归一揆，慧蕴三乘”；还有北正门东牌坊，东西辅门牌坊，或“四邻秦汉，八水帝都”，或“冈塬碧树，御苑芙蓉”，或“五陵佳氤”“青龙瑞气”，数不尽长安地面的佛法正气和龙脉风水，是当代人涤心定慧戒贪绝欲的三秦第一福地。 还有，对称于铜铸史册的是两尊各三丈高的万佛灯塔，莫高窟的形制，长明灯的吉祥，与列布两边的八尊大唐文化圆柱保持着精神的交融和内涵上的和谐。 倘若晴天丽日水波不兴，抑或皓月当空夜阑风静，八级清潭上塔影澄真，明镜高悬处心灵坦白，法水就向生命深处潜移默化；倘能夜夜荡涤，月月拭擦，年年打扫，再浮躁的凡心也可修成“行到水穷处，坐看云起时”；精神在修行中生养，觉悟在无声中积淀，真有如“竹影扫阶尘不动，月穿潭底水无痕”。

这里是一曲古今的交响。音乐喷泉是时尚，但水与火的磨合、洗与炼的交错，却是启迪哲思的创造。十件水景的雕塑小品，抽象的是形式，承载的是传统，诗书画印在这里焕发了生机；唐诗园林区国风浩荡，但玻璃格的木窗却散发东洋气息；八十棵百年银杏是历史的珍遗，法相九宫格的花坛里却繁盛着中西异卉；芙蓉宝相花的图案是唐玄宗的，他的梨园老曲却由法国线性阵列和意大利的巨无霸声柱播放；木质围栏的铜套上饰有飞天图案，轨枕式的泰国柚木坐凳却透射着南亚风情，等等，等等。唐朝的胸襟是开放的，当今的北广场也博采中西，传统人文与现代艺术，手工活路与高新科技，佛陀以亿万年作昼亿万年作夜，北广场以八千岁为春八千岁为秋，人类精神及物质的成果在此大集成，永恒之于创造者难道不是天生的追求？

这是一组宏大的建筑。现代的审美，历史的底座，文化的腰身，佛陀的灵光，壮阔和谐地组成全亚洲最大的水景广场。这里有二百米墙壁的大唐盛世浮雕，四十块宝相花护围的地面书法，总面积超过四百平方米；这里有长度超过一万米的全世界最长光带，有座位超过一万个的全世界最多的广场坐凳，更有全世界最豪华的无接触式卫生间；全世界首家广场直接饮用水供人自由享用；更有六十米高的音乐变频喷泉，六十米宽的激光水幕，四台喷火机水中喷焰低温爆响，或宁静审美或强力震撼，全在游客心中发生作用。

背景音乐典雅而柔美，欢快处是《步步高》《金蛇狂舞》，宏伟处是宫廷音乐《丹墀大乐》《元平之章》《普天乐》《唐公主》；恬静处是佛教音乐《普庵咒》《戒定真香》《观音灵感歌》《佛韵金曲》；优雅处是儒士音乐《阳关三叠》《高山流水》《汉宫秋月》《关山月》……缥缈的旋律和着喷泉变幻，时而如莲花开放，时而如法雨潇潇，时而如云蒸霞蔚，时而如修竹摇曳；在这里，天女散花是真实图景，张羽煮海也活灵活现；八池叠水成了生命之汤，喷水射流点化出通世之才，国运复兴了，佛祖就不拘一格降下人才！

于是，这里出现了中国之最和世界之最。中华文明的精神烈焰被点燃了，生动的形象和深邃的意象，张扬着大唐文化的永恒价值。历史的苍茫，佛陀的旷远，人文的高标，法水的澄澈，在大雁塔的北广场凝聚成一幅大写意的“中华”，九品莲的喜悦就永远在古城西安灿烂。

一千亩的唐文化主题广场，是中华版图上的一曲独唱，九州如编钟，一钟振响，钟钟共鸣，中华复兴，只在和谐唯有圆融……

僧问：一滴水怎样才能不干涸？

师答：把它放到大海里去。

北广场不是一滴水，它永存于曲江；曲江不是一滴水，它融汇于西安城，西安不是一滴水，它交融于中华，中华之海在哪里？人心深处岸无涯……

西安城墙与数据时空

1926年春节刚过，西安大街上花花绿绿的鞭炮纸屑尚未扫除，就从东郊传来轰隆隆的大炮声，腊月间盛传的“镇嵩军”要来西安过年的流言终于得到证实，虽然入侵者是在距西安三百里外的商县和“二华”（华阴、华县）过的年。镇嵩军首领刘镇华，在北洋军阀吴佩孚的支持下，率豫西十三县约十二万人马兵分两路直取西安，兵临城下却发现西安城墙坚不可摧。当时，城内督办李虎臣和国民军二师师长杨虎城的守城兵力不足三万人。面对西安城墙，敌军久攻不下，就重兵合围，又放火烧毁城外已成熟的小麦四十多万亩，妄图饿死城内四十万居民。当此危急之时，守城军民一边以城墙为屏障顽强抵抗，一边向广州国民政府求援。终于，在坚持守城八个月、饿死两万多人之后，受广州国民政府编制的冯玉祥部会同于右任由陕北驰援，在西安城外恶战四役，终使镇嵩军逃出潼关，西安解围，这就是西安城防史上著名的“二虎守长安”。此役西安永宁门（南门）箭楼被轰毁，至今未修复。

西安古城经过了文景之治的清明和开元盛世的辉煌，经过了血与火的洗礼和漫长的苦难隧道，时光终于流到21世纪——中华民族的又一轮繁华盛世来到了！可是，西安的发展却不尽如人意，经济相对滞后，人才们“孔雀东南飞”，于是，西安文化界出现一种议论，说是城墙封闭了思维，开放之风被屏蔽在古城之外，由此而导致不少政经人士向城墙吐唾沫。几乎同时，另一种声音发出诘问：把城墙拆了西安就开放了？人才们就回来了？经济就发展了？这一问倒使那些振振有词的理论显出了小儿科的原形。人们终于明白，经济的责任应该在负责经济的行政官员身上，向古人讨今人的过失只能遮蔽当事者的执政缺点。于是，有识之士在西安的“古”字上寻求古城的发展商机。人们首先将目光投注于城墙、城河。这就有了城墙的复原、城楼的修复、环城内外道路的打通，等等，从而形成了古城的第一个品牌，这就是每年一度的“西安城墙国际马拉松比赛”。初尝成果的西安人，又进行了护城河整治并由此而建成西安城的绿色项链——环城公园、环城西苑及书院门古玩街、德福巷酒吧街、西大街古建一条街，等等。近年，在民族文化复兴的声浪里，又出现了古城建设史上的大手笔：被誉为西安人会客厅的大雁塔北广场的建成使用和投资十多亿的“大唐芙蓉园”，这里集中了为数众多的中国之最和世界之最……于是，西安城形成了东有兵马俑、西有法门寺、北有黄帝陵、南有秦岭自然景观的立体而完整的人文和自然景点族群，作为旅游城市的古城西安从此有了新形象，美国前总统克林顿进入中国要从西安入港，正是由于中华上游文化的魅力吸引而非其他。

人别于人，在于其性格；城市的独立之姿在于它独特的文化，在一度盛行的城建全盘西化风中，西安人犹豫过、踌躇过，也曾经试探着走出跟风的一步，比如北大街的扩建、南大街的改造，西式高楼大厦傲慢地唱着主旋律，可是事情只过了十多年，人们很快明白，这些城建败笔多么严重地异化了西安城的文化性格和历史身份！整条街的西方现代城建翻版，差一点儿埋葬了五千年文明的精神遗产，中华文化的经济效益几乎与西安人擦肩而过，虽说西安人“醒来早起床晚”，但好在还是起来了，也清醒了；西安城这块中华上游文化的荟萃之地以她形态和神韵的不可复制性独卓于世界，这使她成为访华的外国元首在北京的公务之后参访的首选之城，如果把负载着中华文明和西安历史的各类古建打扫净尽，“现代”是“现代”了，对接是对接了，可国内外的游人谁还有兴趣来这里？特别是见惯了高楼大厦的那些西方元首们，他们有必要再来西安看你仿制的“现代建筑”吗？

有人说：要看中国一百年到上海，要看中国五百年到北京，要看中国一千年到西安，这是公正的归纳。因为，西安有太多的文化源头需要探访，比如中国第一部诗歌总集《诗经》的产生，比如佛教八宗有六宗祖庭在西安，比如汉字汉族汉文化中的“汉”字内涵等等；西安又有太多的文化高峰需要瞻仰，比如中医药、比如书法绘画、比如唐诗……

古城西安啊，千万别“现代”了，别高仰西风、唯“对接”是从了，空间站对接成功是人类的福音，文化上向别人趋同和“对接”那叫叛祖离宗！而这个“叛”字，总是和耻辱连在一起的……

月夜城墙根

一抹淡云飘走了，把一轮静月寄存在城墙垛口。映射的角度有点怪，城河的水面上晃动着月的光柱。偶尔的一声狗吠，打乱了城墙下暴走人流脚步的节奏。夜风乍起，月的光柱散作碎银，是星星点点的惋惜，也是零琼碎玉的高贵。灯影摇曳中，古城的水面碧如翡翠。

一盏灯，在城墙根儿的白皮松下投出一片阴凉。夏夜的热风，在一尊卧石那里乱翻报纸。卧石上的老乞丐眼睛贴着报纸阅读，旁边的小流浪汉用一堆易拉罐盖房子。两层的房子很辉煌，再有一只烟囱就更显气派。小流浪汉拿“烟囱”在手里晃一晃，仰头把留有口红印痕的易拉罐举起，让其中的残液滴入口中。香甜的咂舌声中，房子倒了。一地的易拉罐滚向不同方向。

暴走的人群从卧石前面流过，偶尔有一只饮料瓶丢过来。高压水银灯下，老乞丐的阅读很投入；卧石之上，平添一尊伟岸的雕像。小流浪汉去捡拾盖房子的原料，有贵妇人牵一只如羊的大狗停在“雕塑”边，狗腿翘在卧石上兀自爽快；末了，绕了卧石彷徨却又弓起脊梁朝后使劲。贵妇人遛狗应该卸下腕上的玉镯。

暴走者步履匆匆。有女士忘了取下发帘上的墨镜，窸窸窣窣的裙裾纳风而舞。“墨镜”走过又返回，两听易拉罐带着分量轻轻放到小流浪汉的房子边，建筑师正聚精会神，阅读的老乞丐替他道声谢谢。

如羊的大狗起程了，急急奔走的力量在贵妇人后仰的角度中，“房子”被踢倒了。小流浪汉哭了。阅读的老乞丐朝贵妇人喊一声：“哎哎，大姐——”戴着玉手镯的胖臂不情愿地伸向卧石侧的浊物，套上塑料袋的手捡起了几团狗粪。“狗东西”的责骂声在狗绳上荡漾，狗把那人牵向灯火阑珊处。

风静了，月斜了，护城河的水面上，碎银聚拢，月的光柱饱满丰盈。“啪”的一声响，装着狗粪的塑料袋把美丽的光柱击碎。

城墙根下的世道人心，在美如水墨的白皮松间飘落。

老乞丐轻轻扇着报纸，替小流浪汉驱赶蚊虫；小流浪汉睡着了，美梦在他的房子里正甜……

终南三弄

弄　苔

这声音短促而有韵味，有金属的质感，又有软物的弹性。那么“咕嘟儿咕嘟儿”地响，是地壳的脉动？ 还是地心的胎音？ 其实，最平淡不过了。 是终南山里一条无名小溪，于源泉处，婴儿似的，眨一下眼珠儿，发一声单音。 于是，小泉就有了活泼的笑脸，就有了童真的歌声。 这是喜马拉雅巨型纬向构造带中的一个小皱纹，或许连牧羊人也不会瞧它一眼呢！

可是，它有它的臣民，它有它的生态群落，泉畔那泅湿的风化崖上，葱茏茏一片绿苔，微观看去其实是无际的原始森林！虽然，它们获得的，仅仅是一隙儿折自泉面的、被滴水揉碎了的阳光。 没有晨晖青春的璀璨，没有骄阳巨硕的热量，没有晚霞眩晕的骚情，甚至没有月光阴柔的慰问……可是，它们活得很好。

虽说是构造简单的配子体植物，可它的主体意识并不比高级灵长类弱。 它无须索取氮磷钾，更无须阳光雨露，它自己的配子体就能将水分和无机盐制成有机物，独立地、完善地营养着自己。仿佛山里人家自产谷黍以酿酒，自我鸣掌而作乐。世人爱热闹，却为何要千方百计地到这地方来游览？来呼吸新鲜空气呢？

人们采撷了大把的红花绿叶，采集了象形的树根怪石，谁正经瞧它一眼？那位着高跟鞋的妖艳姑娘被青苔滑倒了，反骂这是“鬼地方”，鬼地方有如此清澈的甘泉吗？鬼地方有如此水石的妙乐吗？

保不准某一日这山水就枯了。可这青苔呢？虽然它曾经贵族得高雅，“丹庭斜草径，素壁点苔钱”，可它也平民得彻底。没有水了，到干崖上去，到老树皮上去，化作星星点点的石花，于饥荒岁月充了山民的肚腹，也算没有枉占一片地皮啊！

保不准某一日山洪就来了。山洪摧倒了树，搬倒了山，可于青苔并不十分计较。它们是在比试威势，而青苔没有这个上进心。它依旧制造有机物，依旧营养着自己的生命群落，水有枯日，山有崩时，可是青苔，于不知不觉中将莽莽终南山裹了个紧……青苔老死新生，层层叠叠，许多年之后形成泥炭，储巨大热能于地底，一旦燃烧起来，可是不得了的事情。

弄　根

这崖土朽成锈红色了，沙砾也像炒过一般的焦；厚本的岩体被腐蚀得失了硬的形态，只是一堆烂肉般软着。这一片30度倾斜的终南山阴坡，几乎百草不生，却繁衍着一种植物，多年生的草本，叫远志。远看毛茸茸一片，于粉白中沉淀着暗绿，有铁质的沉重。其叶细密如纤毛，其茎体长仅五寸，终南百草中，它没有萱草根深叶长，没有桔梗清秀华美，它有什么呢？ 总状花序上的一串小紫花儿米粒般细微，释放出的一丝儿幽香，对巨硕的终南山实在可怜得可以省略。

其实不然。 扒开锈红色的砂、石看吧，力量全在这儿呢！这是密如蛛网般的白根，立体交叠，铁锹刨之如撬筋板，揪一节根毛观察，全然不是铅丝般死顽；这根白嫩细软，根皮极易剥下，肥而透亮，浸出一种白乳，黏手若胶质。 山里人告诉我，这就是药材，根含一种远志素，有苦泄辛散温行之效，可通心窍，散气郁，及至对痢疾杆菌、伤寒杆菌、结核杆菌都有显著的抑制作用。

我实实是不敢小看这草了，想这终南山重峦叠嶂间，说不准有多少不起眼的草虫，潜藏着的力量远比空中飞龙、云中雷电要强大得多呢！

于是我研究这瘫软的崖体，想它多年之前必是陡峭的，必是刚硬的。 可自从山中小鸟儿衔来一粒扁薄的翅状果实，果实于崖缝儿里萌出一叶碧绿，从此就有了一种金刚钻般的持久作业。那是无数代的繁衍，那是持续不断的根系的研磨；其间有过百日大旱，有过野火烧山，有过岩浆的外溢，也有过洪泽和冰凌。如此，客观的追杀并未剿灭了它。 它钻到崖体深处，从内部萌发漫延，呈网状。 于是，铁板一块的崖石破开来，由一而二、二而四，几何级数地无穷下去，直到陡峭变作倾斜，刚硬化作了稀软……

山里人就笑了，告诉我：气壮时，万万不敢由着来；弱小时，万万不要认了命。

弄鱼儿

仿佛一把麦糠，可它们都有思想，仿佛一撮鞋钉儿，可它们都机灵敏捷。水从石头上跳下来，窝一个潭儿，窝一个潭儿，潭潭勾连套叠，便有了串珠般的透明世界，便有了终南山生动快活的精灵——有位旅行家这样向我描述终南山溪里的小鱼儿。他说，有人叫它桃花鱼，显然是胡诌。桃花没它长久，空有一片艳色，过了却落地成泥。山里人叫它山白条儿，却认定是沙子变的。理由是山洪常常暴发，冲走一群，又出来一群。

我做叹这谜一般的生命现象。但见冷硬的流水，或扑，或跌，或喷，飞刀疾箭般，嗥叫着飞射而下。潭是有的，全是石头包砌，同样是硬。你想：激水硬石日日击撞，怎么就会有了生命？

我们把上游的水引到别处，潭就静如处女。我们一桶一桶将水舀出，未已，粗沙的凹底就出现了。并未见到什么“山白条儿”。石缝间有几尾鱼影，掏出来，竟是柳叶，色黑而油光。那生命呢？

水又放回来，咚咚作响如银锣敲击。旅行家就骂了，说是上游人“日鬼”。我们又撵到下一个水潭，蹑手蹑脚着去接近，怪了，真有小鱼儿，二寸长短，三尾五尾地逆水过来，忽而上冲，于白浪跌宕处返身跃回，在空谷里划出几道银白弧线，给人心灵以惊骇！

我们伏卧不动，那小鱼就多了，十几尾一群，从曲流奔走的水里，悠悠然逆上来，若绳引线牵一般。稍有响声，它们就静伫不动，如砂石一般沉得老实。旅行家潜到上游，引离水流，怪事出现了，水声一止，这群小鱼儿就慌慌忙忙蹦跳着到下游去。潭是静了，可那生命逃走了。于是便知道，如此小小生命，竟也离不得冲击和运动，况乎人也？

终于自制了一张网。小鱼儿是网住了，却拉不上来，伸手去掏，竟和水底石块粘连一体，搬不动，抠不下。是石块生了它，它又还原做石块了吗？生物进化史上没有这个理论。

于是动用了刀子，铲子。人类的卑鄙常常在于使用新式武器。可怜的小鱼儿被弄上来了，原来腹下竟有一个吸盘！我们立即就愚蠢了，人类二百万年的智能进化被我们糟蹋净尽！

活的生命需要活的环境，静的空间难有动的生命。旅行家打了自己一掌，同我商量，说：“跳崖吧！”

我说：“急什么？待我写下了《终南三弄》再说！”

雨中走秦汉

岁在丙申，序属六月。一行文人轻踏着秦汉故土，在阡陌草径间寻寻觅觅，又于繁花水岸踟蹰徘徊；是思古幽情膨胀了，青灯黄卷的书房里沉浸得太久？还是六月的秦川里，渴望滚一身麦浪？不是文人闲情多，只是未到感慨时。

突然就洒下一阵过路雨，看南山清亮，看渭水爽朗，一行人就笑谈渴饮秦汉雨，纷纷把手伸向滴滴敲打的芭蕉叶，把手伸向草棚茅檐，滴漏清韵中就有一勺水聚在了手心里，淡淡的有少许泥沙，浑黄着历史的风尘；用舌尖舔这雨水，初始清甜，再舔辛涩，舔着品着就有了秦二世的味道，毕竟指鹿为马的光景远去了，泾渭亘古流清浊，“唉”一声长叹就甩着手，抬头仰望天空。

一片云远去了，空余碧天如洗。一行人恢复了行走，笑说着秦时的湿润汉时的轻尘，有人就吟两句“秋风吹渭水，落叶满长安”，有人就笑之季节混乱情景相悖，又有人就唱着说：我人在阳春心在深秋，我人在梦中心在别后，拂不去的烟尘系不住的愁，无奈的秦砖汉瓦，遮得住泪眼牵不住手……

于是就争辩。复古派要的是秦汉旧貌，革命派却恨不能平地起高楼！争论不及脚底的沉重，雨后的田间小径上抬脚一坨泥巴，落脚湿滑泥泞，复古的和改革的牵手而行，就无暇争论，相互关爱亲如一家，仿佛原则上的不快只是草尖上的一滴水，转瞬就风干了。从间的隐者就发了感慨，说是世间无行最文人，妥协和变节只是一阵小雨间的事情，抑或原本就不是要探寻历史的真谛，而是闷了烦了来这一方秦汉旧土上，胡转哩玩耍哩散心哩呼吸空气哩！

享受着极为正式的接待。工作人员送来了晴雨伞，人手一把，还帮着撑开，递到手上，又刮你脚上泥巴，又引来水管冲洗，演义着“无微不至”的深刻含义。有了伞，立马就感到了骄阳如火。想那唐朝人走过这里时，车辚辚，马萧萧，行人弓箭各在腰，爷娘妻子走相送，尘埃不见咸阳桥……那种悲壮苦戚，那种对待入侵和骚乱的拒绝和决绝，不正是积攒了大朝代盛世繁华的心理能量吗？

大太阳下无人争议。

经过一条康庄大道，道旁的草木间绿点红，人工的河流上水鸟鸣唱，是秦汉的旋律，是西府的口音，咸阳人说“我咸阳人”是“咸阳”两个字连音，听起来像是“鹅降人”，辨析起来还真是那回事，秦也罢，汉也罢，降得住对头才成就了雄秦大汉的业绩，大秦一百四十四年的开疆拓土兼并诸侯，两汉四百零六年的雄强把中华文明搁到了世界的峰端，有人就高唱“大风起兮云飞扬”，歌刚出喉，就有人高叫且慢且慢别喊别喊，乱作中，工作人员叫停，问是发生了什么？有人就笑了，示意工作人员继续引导前行。为了不影响总体安排，歌者和制止者窃窃私语，以手势抗诘，以目光对撞，以五官歪斜相交锋！

有人就大声宣布：这才是今天来到秦汉故地的主题，为什么那么强大的帝国说垮塌就垮塌谁也留不住？以至秦统一六国才十五年时间就灰飞烟灭？

工作人员适时开讲：咱们来咸阳参观的这个秦汉新城啊，是西咸新区的核心区域，产业布局上叫一轴双核三带三区。大家看看手中的小册子，封面上就写着秦汉新城是民生之都、文化之城、田园之城、健康之城。刚才大家看了星河湾高尚住宅、枫丹丽舍、春城十八里；又看到交大、四医大在这里的园区规划，还去了张裕城堡葡萄酒庄，秦汉鲜花港，西部芳香园，沿途琳琅满目，盛景迭出！下边啊，我们来到的地方是咸阳博物院的施工现场，感受一下秦汉新城的建设过程，哎，按工地要求，从安全考虑，每人一顶安全帽，必须要戴好啊！

于是就来了一位负责人，讲这座博物馆的前身后世，讲历史，讲意义，讲规模，讲预期，说是山水咸阳，地当要冲，秦时月汉时关浓缩于此，是大秦王朝的政治经济文化中心；公元前221年灭诸侯，绝六国，北趋匈奴，南取百越，渭水贯都，横桥交通，宫观二百七；“秦王扫六合，虎视何雄哉；挥剑决浮云，诸侯尽西来”，秦王嬴政，用十年时间，继六世余烈，履至尊，制大统；商鞅变法，郑国修渠，五谷丰登，国强民富；六王毕，秦皇立，分郡县，大统一，书同文，车同轨；汉兴，五陵少年纵马策风，张骞通西域，苏武暮年归……初始有人还三心二意不以为然，听着听着圈子就围紧了，围大了，吟诗的声音就更响了：“咸阳宫阙郁嵯峨，六国楼台艳绮罗；自是当时天帝醉，不关秦地有山河。”是说秦时之繁盛；“大风起兮云飞扬，威加海内兮归故乡，安得猛士兮守四方！”这是汉高祖的豪情；又从商鞅变法说到荆轲刺秦，从弄玉吹箫说到长陵迎姊；又说泾渭分明，又说鸡鸣狗盗，又说燕啄皇孙，又说举案齐眉；又说古建筑、古遗址、古墓葬、古石刻及三百多处文物点，数百余处秦汉的寺庙宫观、楼台亭榭，特别是西汉九座帝陵在渭河北岸一字排开，如廊道含宏、诸英竞秀！ 秦汉新城面积三百零二平方公里，东西长五十公里，南北最宽十二公里，还有无数的秦宫汉冢，沉埋待发；有自然景观与人文景观交相辉映，是文武圣地、礼仪之邦；试想，那些秦汉故城考出来的遗物该有多少？ 该需要多少地方存放和展览？ 该有多少专业人士来研究和修复？ 那些王陵帝宫应该怎样的复原和展示？ 又该有多少游客在这儿吃喝住行、参观游览？

是需要一个十分庞大的实体，是需要这么个非常现代化的博物馆。 有人提出外观形制上是中是西？ 担心成了京城里的鸟巢鸟蛋大裤衩，众人有窃笑，但负责人没回答。

说中间雨又有了，先是燠热，继之潮湿，不经意间头发上就有了细细的露珠，脸上一捋一把水；放眼望去，渭河南北、秦汉故土，迷蒙蒙一片白，仿佛子规声里雨如烟，又似乎浪下三吴起白烟，还依稀毛毛纤纤川上薄雾锁终南……

走呀还是不走？

耳边传来声音说：这是一座宏伟的新城，这是一座秦皇汉武的新地标，咸阳的现代化在这里展示的，是文化之城千年之约，是田园之城诗意栖居，是人文之都秦汉古韵！

兴奋激励着一行人，雨伞撑着提着都一样，毛毛雨打不湿脚下的浮土，微微风吹不开女士的裙裾，轻轻尘无碍了几十双探寻的眼睛，就跟着工作人员信步游走，有人掐一把油光闪嫩的马齿苋，有人折一枝圆圆蓬蓬的蒲公英，斜刺里有人吹一口气，那些带着翼毛的种子就漫天飞撒，追打嬉闹中，有人就想作诗，口张成椭圆，却只“啊啊”了半天，未见华章吐出；有人掩口窃笑，有人赶紧出来救场子：“飞蓬舞芳姿，寻梦上九天……”

毛毛雨化成雾，一流一蓬的，在粉白的颈下摩擦，在油滑的秀发上凝聚，从湿翠的指环上流过，从你我他的问答中情意绵绵地漫延着、蓬松着，淡化着、虚拟着一行人心中的块垒，也稀释着、消解着人们的疑问和质询。

这是周礼小镇。

眼下还是一片庄稼，八百亩还是一千八百亩？ 没听清不要紧，反正尚在规划中、尚在设计中、尚在梦想中。 周礼是个好，西周用礼乐治国，孔子信誓旦旦地说：“郁郁乎文哉，吾从周！”就猜想：五陵原之南，祖先眠榻之侧，周礼小镇的钟声叮叮、韶乐悠悠，念书的学童声音琅琅，园圃花径间芳草萋萋，美景礼仪，相得益彰；那时候，人们路遇、接客、送别、婚嫁、丧葬、庆生、问路、求告，等等的人际交往，礼是不可缺少的环节，非礼无以群居，无礼归属牲畜，住在这个小镇上的人们，就是复行古礼，继之仁义忠孝，是中华传统文化的践行点，更是新时期人际关系的模板式。

比如：前边那座垂柳依依的小客栈吧，就是当年王维送别好友元二的地方。 那时候，元二很是悲观，阳关之外无故旧，到了遥远的安西，和谁共事？ 与谁诉说？ 交往何人？ 真可谓前途茫茫，想起长安友人，天海之遥，何时才能相见？ 依依惜别中，王维只有不停地劝酒：渭城朝雨浥轻尘，客舍青青柳色新，劝君更尽一杯酒，西出阳关无故人！ 酒应该是喝了不少，泪也沾湿了几巾，宽心话安慰话叮咛话应该说了几箩筐，那时候关道险阻，一万二千里少说也得走一年吧！ 隐隐地，王维感觉到，元二十之八九是要把骨头扔在那个今天叫库车的地方了……

于是有了后世的琴曲《阳关三叠》，一步三叹，长吁复复，虽然不是秦汉的故事，确是秦汉故城别梦依稀的遗响；中华骨殖的遗传五千年一路链接，实在不该再说这个民族有多少顽弱荒谬！ 王维拱手揖别，元二垂泪抱拳，旧话心语、人事世事说了一包袱，走过了长亭短亭，相送一程又一程，三番鞠躬，再四施礼，终究是渭北春天树江东日暮云，杜甫春日忆李白的思绪，也会在王维别后的诗情里发酵……

问这座周礼小镇，由谁来居住？ 人们凭什么生活？ 抑或他们或她们的日常住行是着汉服？ 还是游客观览时临时换装？ 工作人员没有回答，一行人就自我设问，自行回答。 有说来客了当然得换上汉礼服，要下地劳动了当然还应该是现代便服。 就有人说住在周礼小镇上的居民，不应该是礼仪服饰的表演，而应该是“克己复礼”的常态生活；有人反驳说，那是不可能的，宽袍大袖的能握锄把吗？ 裙裾拖地的能挑水浇园吗？ 古人绝对不会那么笨，现今人们对汉服周礼的印象，是戏台上的，是影视上的，古人劳动肯定有常服短打，赵武灵王尚能实行胡服骑射，后世汉人绝不会着了礼服下地……

争论中，雨把他们的舌头打湿。 人们不说话了，脚下又开始沉重。 先是小雨，再是中雨，没有停歇，没有飘拂，是直戳戳砸下来，水点子硬硬的，雨伞撑开，嘭嘭地空响，一群雨伞都这么响着，混合着一种梦、一种鼓、一种前行的步伐、一种意志的锤炼……

秦汉新城能成功。

兴善寺小径

青砖铺就的路面，终年覆盖着油汪汪的绿苔，两旁的藤萝和葡蔓青帐一般悬挂着。顶上不见晴空丽日，有核桃和冬青树巧妙地套裁了高层空间。踯躅在这条扭曲仄斜的寺院小径，心境就有了摆脱古城四方规矩的释然。

每次打完太极拳，我都照例来这里走上一遭，不记得这里有过别的人迹。或许是“格物”的粗疏，或许是慧觉的闭塞，我怎么就没有发现这小径延伸成一个问号？怎么就没有发现这问号下边那一点？

那一点正是他。他坐在一尊废弃的碑座上，青光光的脑壳给人以高深感。不，他顶多二十五岁，鼻脸间甚或还有强颜的肃穆和成熟。

树上的核桃熟透了，时不时掉下来，东一个，西一个，有时就“嗦噜噜”落在藤网里。他膝上摊开一部书，他僵硬着身子默读。我在他面前站了五分钟，情景的肃然使我打消了入侵的念头。我走开，那熟透的坚果还是左一个右一个地掉下来，落地的声音软钝如击毡。

蓦然，他一个旋身，短袍儿撩起，瘦身儿奔走，准确地捡到那些掉落在草窝子和藤帐里的核桃。再观之，见他每过一刻钟就起身捡一次核桃。准确无遗似有灵知。于是我上前搭讪。知他读着的书是任继愈的《中国哲学史》，看他清寡单薄的身形，知他是初入佛门打杂支差、普通得不能再普通的那种小比丘。

我问："这本书还不错吧？"

他答："错或不错无不可，问题在于中国哲学构体的内在空间太狭窄。"

我大吃一惊，知这小比丘非寻常角色。之后，我就常到他那里去，我们一同谈范文澜，谈荣格，谈朱子程子。在他那半间堆放着各种杂器的小小丈室里，在他那散乱着经书和《小说选刊》的窄窄木床上，他随随便便给西方三圣像供几炷香，又随随便便同我谈他造福社会的设想。他说他要办一座密宗福利公司，下属一间净乐餐馆、一座幼教学堂、一座残疾人工艺作坊……

白天他大部分时间在劳动。种菜、翻地、挑水、拔草、几乎不停歇。他说他四时起床，洒扫庭院，六时领值早课，七时空腹劳动到九时；早饭两个馒头一汤一菜，之后除下午四时的午饭外，一直劳作不息。终于有一次，我闯进他的丈室，发现他和另外两个小比丘神色慌张地吃面条，那紧张的情形和贪馋的吃相很使我难过。我说我去找主持法师，请他给他们伙食加量，主持法师和我也是朋友。他求我不要这样，说这样会使老法师不愉快。

这一晚，他送我走了好远，似有依依不舍。他拉住我的胳臂说："孙先生，我仍然不接受您的东方大哲学的观点，可我也不再埋怨我们的哲学了，因为这哲学产生于亚细亚耕作方式，像中央集权和'三从四德'一样，盖源于脚下的土地和生产方式。"

我决定给他送些小米去。他屋子的角落有个小煤炭炉，供应大殿和客房使用热水。他只是偶尔偷着煮点香客送的面条充饥。十五斤小米，不多，但熬粥以果腹还管用。他的学习笔记，一指厚的硬皮本子满满抄了八本，还有几百张烟盒纸的卡片，他一晚上要写多少字啊！这种自觉的探求，这种无人知晓的默默劳作，不比花开了闻得着香，不比菜熟了看得见鲜，这是一种心血的消耗和精神的再造啊！想这寺院自晋泰始年以来，一千七百多年辉煌历史，不正是无数有为青年的连续努力才有了它在佛教密宗史上的显赫地位吗？从印度僧人达摩笈多到无名氏的日本信徒，从不空到一行，他们贡献于中国历史的何止是天文和数学？何止是佛学的理论和实践？

小比丘对我说："应该寻求中国哲学的重构。"话是说得大了点儿，可这一代有为青年的理想和意志难道不值得培养和扶助吗？

然而，我找到他小屋的时候，他已经不在了。我径直询问老法师，老法师淡淡地说："他偷了灶上的馒头。"他把手指的老骨节一弹，说："我把他赶走了。"

我背起我的米袋，默默徘徊在这兴善寺的无名小径。树上的坚果落尽了，可这坚果换得的香油却长明在佛祖足下。我再也看不见他读书的僵直身影，再也看不到他捡拾核桃的敏捷动作，脚下湿苔点点，路旁藤萝缀上凄清的秋色。

我把金黄的小米撒在他坐过的碑座上，看一群小鸟跳跃轻啄，想这弯成问号的小径，想他孤独执着的足迹……

他远去了，此刻正在路上，理想中的净乐餐馆、幼教学堂，残疾人作坊在召唤他……

峡的遐想

这一块石头，方圆一百平方公里。在九个太阳当空照的年代，它浑圆平整，正午时分光焰赭红，一如后羿肌腱发达的胸膛，月夜里又玉白温润，仿佛玄女柔软的小腹。终于，宇宙洪荒，九日余一。一场暴雨下了九百年，四海滔滔，地球的雨季来临了。雨如乱箭，这块石头上出现了麻点；雨如斧斤，嫩平的石面子上有了皱纹；雨如钢锥，完整的石头上布满孔洞。然后，在漫长的雨季盛期里，皱纹发育成沟壑，孔洞连缀成深涧，沟壑深涧里储满砾刺和砂石，终年的洪水就扯着这些奇怪的锋刃，又刮又磨又钻又削，无尽的切割运动直把一整块的石头锯成了两半。

这就叫金丝大峡谷。

壬午年仲夏，余随诸友炜评君、丹萌公、方氏英文、忠实大兄等往金丝峡猎奇，沿途未见猿猴啼啸，更无熊罴腾跃，唯见山姑艳影，溪水淙淙，又有岩脚石中生树，涧下潭影空蒙，忽而雾气笼罩，行人如坠海底，忽而峡窄如线，独行仅容侧身。仰观天隙流云，俯察幽兰修竹，疑心入了魔幻仙境，不觉灵醒骨轻，健步如飞。作想这切入地心的一线峡谷，是亿万年流水的固执搓磨，终成软的克服了硬的，柔的分解了刚的，倘人也如此，就不怕上不去的山，过不去的坎，不怕漂不过的海洋，看不到的日头！

金丝大峡谷陈示着一种精神。

日光幽暗时分，一行旅人来到崖穴。崖穴空畅如厅，孤悬高壁，涉险而入，内有石柱木桥，更有滴泉流瀑，又有瓦灶石床遗迹，疑是昔人居处。举头遥望，对面山峰，草木掩映之中一崖圆缺，于野花缤纷之际，一如蓬莱海月，天成众妙之门，方氏就说，此地若有一厨娘一小妾，平生足矣！丹萌公说，足是足矣，只怕落寞，倘有大坛的烧酒，整头的烤羊，又有舞伎作歌，才是天下乐事啊！余问忠实兄：如何？兄拈须微笑：美着哩！美着哩！又问炜评君，君言：此二人一为山大王，一为老员外，叫人家吃去喝去乐去，天色不早了，吾们下山！

下行未已，遇修路山民背负水泥，于岩边喘息，遂问工钱，答曰二十里一趟五元钱。炜评君摸出五元塞入山民怀中，山民疑辞，君言：此买路钱，当收！

余四人皆默默奉上如数，心下理所当然，一路再无言语……

桥山柏

广东有榕树，树冠高大，气根错落，子孙延绵，一株树或许就是一片森林。可是，它没有桥山柏的端庄和肃穆。川西有云杉，喜光而速生，茎干直冲天宇，辄为五十米六十米仍腾高不至，其群落侵略，常要将整座的山脉覆没。然而，它没有桥山柏的沉稳和尊严。

那主干，十米周围，畸曲着波浪上去，显得那么缓慢，却又那么深思熟虑；显得那么苍老，却形象着一些哲学的团块。那股干也伟然大气，栩栩然一条腾龙的凝固；那枝条，铁质的，微风不斜，飓风不惊，仿佛哲学上一个命题的延伸；其叶片，扁平而互生，形成若干平面；平面与平面，交合成无数空间，这里，便储存着它活的思想。说桥山柏是思想家，说桥山柏有龙的仪态，说桥山柏大智若愚，大巧若拙……其实，这都只是后人的寄兴，它的生活它的形象或许只是一些基本原理式的存在而已。

说是黄帝手植柏，说是世界柏之父，“七搂八拃半，疙里疙瘩不上算”；其实，它和天下所有的柏科植物同一个品性，常绿乔木，属裸子植物门，木材细密有芳香，其嫩枝入药可凉血止血。尽管全世界的柏类有二十二属一百五十种，但其基本的共性亘古不变，如我中华各民族，或汉或回，或藏或蒙，但其黄种不变，是谓基因遗传也！

这“遗传”有史可查。《史记·五帝本纪》及《黄帝东行记》具言：“黄帝崩，葬桥山。”那位元祖逝去了，可他的二十五位子后播散九派四方，唐、虞、夏、商、周、秦，繁衍昌盛开来，于是有我中华，有我中华文明，有我老庄孔孟，有我东方神秘主义。

皇古荒昧，孰启鸿蒙？生活文物，孰为大备？东至大海，西接昆仑，南及交趾，北出幽陵，此博大天地，为何精气一致而充沛？此黄帝儿孙轩辕氏，其精神文教，气脉虹贯；其毛细渗透，精微坚韧；其心性明智，绵延永久也！

黄帝为天子，徒步考察，披阅世间；他请教专家学者，不耻下问。他“东到青丘，过风山，见紫府先生，受三皇内文；西见中黄子，受九加之方；过崆峒，从广成子受自然之经；北到洪堤，上具茨，见大隗君黄盖童子，受神芝图；还陟王屋，得神丹金诀记；到峨眉山，见天真皇人于玉堂”。

如此，他亲察民情，博采众学，增长才干，培育胆识；他初始人文，诸多创造，文字、算术、历数、医药、音律、指南车，等等。从文化科技诸方面奠定了一统天下的大基业。他“立权以聚财，揆财以施智，因智以制义，由义以出信，仗信以著众，用众以行仁，安仁以辅道，迪道以保教，善教以政俗，从俗以毓质，崇质以恢仁；勤行以典礼，制礼以定情，原情以道性，复性以一德，成德以叙命，和命以安生。而天下自尔治，万物自尔得，神志不劳而真一定矣”。

是时，庶民甘其食，美其服，乐其俗，安其居，无羡欲之心；是时，耕父推畔，道不拾遗；无地休通，五行期化；人保命而不夭，岁时熟而亡凶；是时，凤凰翔于庭，麒麟游于郊；日月精明，五谷登熟；龙龙进驾，飞黄伏皁……

这便是黄帝及他创造的境界。几千个岁月逝去，在这开启文明的辽阔版图上，其子孙浩荡，其基业恢宏，若始祖有知，九天之上心怡而神悦矣！当然，屈辱有过，浩劫有过，大旱大涝地震狂风有过，但炎黄子孙的凝聚力，神州各族的向心力，广纳博爱的消化力，迁延绵长的再生力，从来都是太阳般的强大，从来都是江河般的永恒。

唯今，延绵千里的黄土高原，记录着历世梳耕的劳迹；沉默静穆的桥山，森森古柏形象着久远的思索和探求；而山顶上那堆普通的土丘，岂止是一个神圣的埋葬？推想开来，这难道不是民族精神的浓缩和取之不竭的思想库？

看那桥山柏，老而不僵，庄而不呆，巍峨翠冠，似有似无间浮出一层绿云。这绿云，是新的枝叶，也是一群欢跃的儿孙；试想这古柏，其所以永远青翠，永远浩大庄美，不正是这层层新枝的续接和更替生化出了它强大的活力吗？

难忘罗公砭

夜村中学距家二十公里。每个周六，我撑着瘦弱的身子回家去。第二天返回学校，背着玉米糁、红薯面，手提一罐老酸菜。这是20世纪60年代初的困难时期，我正十三岁。粗劣的食物养不了正在发育的身体，艰难的磨炼却培育了我的意志。

难忘罗公砭。

罗公砭是几十丈高的悬崖绝壁。丹江在绝壁下汹涌奔流，一条毛道儿就蜿蜒在悬崖的腰间。云雾在脚下浮游，飞鸟在身边滑翔。到了险要地段，必须脱了鞋子，脚扣岩缝，手攀树藤，趔趄而过。

每一次通行都是一次探险，仿佛将生命吊在麻绳上晃悠。这罗公砭就是我们每周两次的必经之地。罗公砭小道出于一个历史人物的爱民情怀。说是清朝乾隆年间进士、四川合江人罗文思任商州知州时，捐俸银二百八十两建商山书院，又改良当地水稻种植；他忧心州人东行到口前村以下路段，要么须两次涉水丹江，要么绕道北边的十八盘，特别是商旅马帮或者游学出行都十分不便，而要走捷径就须得在丹江北岸的峭崖绝壁上开凿道路，而这条砭道就是罗文思捐廉俸五百金修建的。后世曾修庙纪念这位勤政廉洁的官员，这条石砭小道也以罗公命名。但这条砭道至清亡后失修，加之民国战乱，时有强人剪径抢掠，所以走这条路会不时遇到风险。新中国成立后在十八盘修了 312 国道，方便了车辆人马通行，罗公砭小道基本废弃，但不少人为了抄近路依然从这里通行。

我们这些初中学生往返学校就都从这里经过。若在春天还好，走一程累了，就坐下来靠着石壁晒太阳，看脚下江水发蓝，空气中洋溢着树芽草叶的气息，肚子虽饥饿，眼目却尽可饱餐，蝴蝶呀，野花呀；最喜山刺玫的嫩芽，掰下来就能吃，莴笋一般清甜。有时候饿得发昏，我们就嚼节节草吃营草锥，尽将那汁儿往肚里咽。到了险要地段，我们先将裤管卷起来，将袖子挽起来，一个贴着崖壁过去，再依次将行李传递。这地方叫鸦子嘴，脚下的石齿獠牙般尖锐，钻心的疼痛如刀绞锥刺。最怕是夏天，江水咆哮，吼若雷鸣；绝壁下，黄色的旋涡套叠闪烁，水声嗵嗵嗵砸在心里，我们屏声静气，如临生死考验。但通过一次，胆大一次，成熟一次，长高一次。回到家里，绝口不提罗公砭的危险，说起一路行程，故作沉稳脸色不变。

特别到了暑假前的几周，大太阳将岩石烤得焦煳，手攀在上面如握火炭；脸贴崖壁，脚扣石缝，那种蒸，那种烙，筋骨已不能支撑，全凭意志在坚持。

最滑是秋天。秋天多雨，三天五天石上便起绿苔，踩之如鲇鱼，手攀须谨慎，因为树枝藤条根松土软，一旦拔脱，跌下悬崖，粉身碎骨。原先衣物还可传递，这时节每块石头都藏着危险，脚下一寸寸挪动，粮袋书包只能捆在背上，牙齿咬紧了菜罐儿的绳系，探索移挪，过了石嘴，肚皮被绿苔蹭得发黑；不知道一个人的命运是几斤几两，但我二十五公斤的瘦身子却是在这石砭上越磨越轻了。

最苦是冬天，最怕风搅雪。攀在砭道上，雪打双眼难挣开，崖石上结了冰溜，光滑如抹了麻油，手脚是不疼了，麻木的感觉使五指长久不能伸直。山有分量、人有分量，唯意志分量无法称量。心灵是一支箭，向那里开弓只有一个方向，飞行中的箭镞不会拐弯。人之少年，如刚射出的箭头，唯意志使它飞得更远。

这段罗公砭的小道儿培育了我的意志。

后来的一切便是有意识的行为。整个罗公砭，我们只把两只鞋用带儿系了，挂在脖子上，我们愿意赤足行走。罗公砭小道在岩壁上开凿，尖扎如刺，我们偏往上边踩，似乎执意要将之磨圆。有一回，一位同行的长者见我们如此行走，执意要看我们脚底，我们抬起脚板，他用指甲叩之，发“当当”声响如金属之音。这长者落泪了，给了我们每人一颗糖豆，这可是稀罕之物啊！

我们沿这条罗公砭小道儿，走过了初中三年。中考结果，我们班上六十四个同学，考上高中的，只有在罗公砭常来常往的我们四个。我们四个在四十里外的商县中学读完高中。高考放榜，我们全被大学录取。一个是陕西师大，一个是北京矿院，一个是西北军电，一个是西安工大，清一色的理工科。我作为孙家的长子长孙，承顶着沉重的家族负担。先在豫西三线当车工、当技术员，回西安任工程师，又转行搞文学，三次重组家庭……一系列的打击和逆境，我没有趴下。有记者刨根问底，我说是罗公砭给了我顽强的意志，我的脚底板至今敲起来依然嘣嘣有声！

三十年后，我带着儿子重访罗公砭。昔日的悬崖已被拦腰劈开，眼前是宽阔笔直的312新国道，时速八十公里的长途汽车箭一般射向远方，我扶着白色的里程碑对儿子说：“对一个少年来说，如此平坦的道路未必就是好。”

商州扁担

把你腰间的烟袋拔出来，用那烟锅头轻轻地去敲击它，像弹钢琴那样，通过琴键的传导，手指触摸到那颤动之后，再将手腕抬起来，于是，你便听到了那“镗儿”的声。这实在是一种韶乐了。其声如同彗星，端头是高密度的质量和强力的凝聚，尾音却是细腰宫娥的轻罗长袖，逸撒出悠长的袅娜和柔软，这时，你的心间，生出了金属的刚硬和冷峻，也生出了游子的眷念和柔情……

这就是我们商州的扁担。当它游完了万里长途，静静地伫立在门背后，或者被插在院墙的马眼窟窿里而司职于半片尿布的时候，它似乎并没什么特殊之处；可是，当它运动起来的时候，却俨然是另一种活物了：那两端，坠上百二三五的重货；中点，绵绵地抚在脚夫肩头。对重负，它倔强不屈，顽固地向上反抗；对肉肩，它柔情似水，要做千百万次的柔韧。脚夫家室妻儿的希望就指靠在它身上呢！它和脚夫原本是一条命呢！

商州客，一根扁担溜九州；脚夫因扁担而存在，扁担因脚夫而见功，互为表里，人字不可左右分的。下南阳，下襄阳，鄂豫的纸烟硝硷西药；过太白，越鸟道，西蜀的井盐竹纸细布。溜一趟，百二八十天归来，盖房娶媳妇有了着落，穷日子还能囊括上一年半载哩！ 难怪每个脚夫都会吟唱“桑木扁担两头翘，宁担担子不坐轿”呢！ 那时，人们最担心匪劫，可商州脚夫不怕。 他们集群而行，人手一杆搭拄，这个支撑扁担以便脚夫换肩歇息的器物，其上端做元宝形以放置扁担体，逢着强人，那元宝头便做了锤击的重型武器，而搭拄着地的那一头又正是一柄钢锥呢！ 而今，商州山地，河川沟道有了沥青公路，有了石子马路，有了青沙银辉的机耕道；车辆的通行代替了脚夫的肩挑背驮。 可是，在山里的山里，麻丝儿一样的毛毛路缠在山崖角，那里出木耳、蕨菜、黄芩，出五禽六兽和百果杂木。 人们要去开采、开辟、开拓。 这儿的这儿，一根商州扁担可真比一辆十吨“黄河牌卡车”管用呢！

扁担没有退出历史舞台，商州脚夫的后代在延续着祖上的制作：那是一截百龄桑树的剽质部分，被大板锯解开了，看得清那年轮线做十数层的密叠，横断面上又显出无数个同曲率的弧线。毛坯裁成了。 那是八尺长、三指厚、五指宽的形木条子，其色黄如蜡，气味儿药烈喷熏。 工序的第二道是压桥。 先是手压，将其斜靠墙根，力能拔山的商州后生伸出钢铁的双臂，弓了腰，以臂力、腰力、踵力三力合一冲那桑木的坯料做千次的闪晃！不炸不折者将进一步去接受定桥。 那是在露天，青砖四块，两块相叠，坯料架其上。 愣头后生抬出碌碡，压负于正中。 于是，商洛山的黄沙地上，落下了一钩细月。 如此，静置三十天、五十天，任风吹日晒，任雨淋霜击……

压桥之后是成型，成型出现在无限次地刮削之中。 寸刨刮，瓷片刮，砂纸磨，青石磨。寸刨瓷片在刮形，砂纸在抛光，而着蜡的青光圆石是对扁担表面做强力的硬质处理。最后一道工序是上釉。三斤五斤的豆油，在敞口的撑锅里熬得沸了。将扁担横架于炭火盆上，以狐皮蘸热油做通体拭擦。擦而烤，烤而擦，翻来覆去，十遍，数十遍！沸油，扁担，火；油烟腾腾，嗞嗞作响，眼见着这桑木扁担红了，亮了，透出了肉肉的圆润。其后，丈夫招来妻子，或者，后生唤来老娘，他们郑重其事地用麻布将上过釉的扁担缠裹。末了，又慎慎地架到阁楼上去，在那里，这根扁担将度过一个寂寞的冬季或者春天，任那油气慢慢地去渗透木质，这叫自然熟化。熟化了的扁担防潮防腐，形态优雅，弹性十足；绵软时若面条，强硬时如钢板。

最激动人心的要算扁担的开闪之日了。那必是一个上好的晴日，南山起黛，州河泛绿，小山村的泥场子上，八旬老爷颤着下巴来了，留着一撮顶心毛的碎娃子来了。姑娘媳妇也叽叽喳喳地簇拥在一角。五服长老到齐，香案焚起，全场肃穆，待一刀黄表在瓦炉焚化，三炷柏籽香烧过二指，族中长老将那麻布绽开。随着扁担一寸一寸亮出，老者口中念念有词，那是一种对于扁担神的祈祷，意在祝愿脚夫长途运输的安全和生意的顺达。接着，主家燃放鞭炮以示迎福。下来，便是开闪。那必是一个六尺大汉，双腿做八字叉开，手撑枣木头荆木杆的搭拄，肩上是新麝毛的围子，脚下着毛窝窝的麻鞋，白粗布的缠子直扎到膝盖下。主家将新扁担在大汉肩头放了，一对小二十的半大小子，十指交叉，揪悬于扁担的两端，大汉便双膝一弓，倏地弹起，将那强大的筋肉之力，经腰过腹，再由胸大肌传输到肩胛，那负有二百斤重荷的大扁担顷刻便由上翘的弓弧变成平坦的一字。如此反复，十次，二十次，无数次；之后，一人挑二人，绕场一周，在山民们粗犷的“噢噢！”声中，这桑木扁担便得了性灵，溜九州可逢凶化吉，靠门后可镇宅避邪。之后，它将被十代八代地传下去，成了这农耕之家的命脉或传家之宝……

当然，商州扁担里，赝品是常有的；其形其色同桑木，究其质，各类杂木皆有，但劣性各异，如榆木易扭曲，槐木易失桥，柳木易折闪……

商州扁担以其功用分为三种。一是尖扁担，乃两头箍以铁质尖角者是也。其功用在于挑梢柴、青草、麦捆之类，配以带“人”字形木钩的牛皮绳，皮绳打捆只需在木钩上挽了活套，解脱时，脚一蹬，手一拉，绳、担、柴捆分离，不沾不挂，只是一下。其二为絮子扁担，又称水担，两端悬挂带索之钩，锡匠、货郎、凉粉摊不可离。之外，尚有一种架子扁担，那是在两端装置“A”字形木架或圈形插架，其功用在于放置粮袋、盐袋或木炭之类。

综观商州扁担，结构有异，功用不同，此是粗犷的商州人的细致之处。还有那长途脚夫肩头的围子，夹层麻布里裹了麝毛，暴晒不发蓬，淋雨不粘片，垫在肩肉和扁担之间能分散压力，枕在头下铺在背后可清心解乏，这商州人也够聪明的了！

然而，这聪明中又不无悲怆，自商鞅封地始，两千年后，这商州人传送物质和文化的方式依旧是扁担、扁担，这难道不是蠢笨吗？非也！其聪明，其蠢笨，细察起来，这种概括并不十分准确。因为，商州人造出这独具特色的扁担，首先是由商州的地理环境所致；求末探微，它或许还是中华文化的一元呢！

商州糊汤

桐木风箱的声音“咔嗒咔嗒”，枣刺疙瘩的柴火“呼呼啦啦”；小脚儿的奶奶颠着腰身在大环锅上海搅，那胳膊在锅上划出无数个螺旋；白色的蒸汽被搅成一疙瘩一疙瘩的羊娃儿、兔娃儿、白狗娃，欢腾腾直向那灰絮丛生的屋梁冲去；到那里，却又轰地撒开，一条一溜儿地从山墙上的马眼窟窿里淌出去……

“咕嘟嘟！ 咕嘟嘟！”锅里的食物开始了冗长的吟唱，只有老奶奶能听得懂。她舒舒坦坦地合上两扇锅盖，留二指宽的缝隙，将那斜在锅里的长柄木勺夹住。然后，吩咐灶下的儿媳停了风箱，将炉膛的草灰掩了炽红的火炭。立时，锅里的声音变得厚重了，仿佛一个大汉抿着嘴哼唱苦音慢板。

这便是熬糊汤，商州人几千年的家常饭。如今，许多人以为这种饭食会被淘汰了。其实倒有了发展呢！ 几乎每家，都专留一块肥沃土地，不施化肥农药，专以土粪木灰侍之，那些高产低质的玉米品种，早被淘汰，唯早年的“石榴红”和“珍珠黄”又繁衍起来。这两个品种皆系本地原生，粗芯儿，红籽儿，圆粒儿，薄皮甜秆，低产质优。用它爆玉米花儿，酥脆香甜，落口即化；用它熬糖、打粉、烧酒、捂醋，样样都是上乘品质。这种苞谷，打下来，藏在窖里，来了远客，或是在都市供职的儿子归来了，他们才取出熬糊汤招待。因为世事翻过来了，常年的白米细面，反倒使昔日的便食成了稀罕物。

几乎每个村庄，都保留了一副石磨或碾盘，倒不是因为它能使人忆苦思甜，而是因为这熬糊汤的原料是务须要石器加工的。

磨苞谷，那必在一个雀嘈屋头的清晨，黄犍牛戴了暗眼，搭了轭头，穿了裹肚绳，去拽动榆木的磨杆或碾杆，将三升五升的苞谷颗儿十遍八遍地研细。看那戳瓢簸箕来回运输，格杈筛箩哐啷啷摇动，大蒲篮里便落下糁子，落下面粉，捏一把厚重如铁砂，手摊开绵软若浮粉。商州的糊汤、糁子和面粉是不分开的。

最振奋人心的是糊汤锅揭开的一刹那，“嚯”地一下，白色蒸汽散开，那喷人醉人的浓郁会使你心动神移！外地人初不知那锅内煮着何种妙物，只一个劲地促着鼻子吸那香气。归来的游子却要禁不住抄起了筷子。碗是粗瓷老碗，配食以四指厚的锅盔和三个月的老酸菜。但第一碗，酸菜锅盔是无人光顾的，各人尽埋头愣吃，当地人谓之“干喝”。其实，这是一碗商州土地的芬芳的凝固，色黄如金，黏稠如漆，冬青木筷子靠碗沿儿一挖，一团芬芳便被抄上来；那筷头上，淋淋的液汁，丝线一般扯不断。吃相不雅的食客便伸长舌头，先搅了那“丝线”，然后才将那团“芬芳”吞在口中，几乎同时，只听“喝囔”一声，那“芬芳”便散入了五脏六腑。立即，你便耳聪目明，浑身都要朝外发散力气了！

其实，真正的大吃家是不用筷子的。那瓷碗仅盛少半，双手稳稳地托抱了，一边做陀螺样旋转，一边以口气吹拂；待那碗中圣物温了、凉了、冷了，再慢慢将碗倾斜，轻轻地在碗边吸吮；这实在是一咂一口的蜂蜜了，前味喷熏浓重，后味绵长清醇，上能清脑提神，下能滋五脏、润六腑，长久食之气血充盈，精力饱满。这类吃家的奇妙之处，是吸完了这食物，那碗里竟不沾一星饭迹，仿佛清水洗过一般，特别是三伏酷暑，此种吃食，什么大都市的冰激凌之类根本不可与之相比。

更美妙的，是那“然然”。糊汤吃尽，锅底粘厚的一层铲出来，透亮若金箔，绵长如锦匹；咬一口，顽如橡皮，性急的后生往往要用刀切了方块，拌以酸菜汁吞之，方能解馋。据说某人家有儿两个，大儿在部队当连长，十年后归来，老父招待以糊汤，食间他“然然”瘾发；而其弟乳名“然然娃”，一天不吃“然然”便终日没了精神；这连长便偷了锅铲挂在后腰带上。糊汤吃毕，“然然娃”四处找铲不见，出门去隔壁告借，回来见锅里“然然”已落兄之腹，遂哭闹一场，演出一场喜剧。

这糊汤里还可煮以瓜豆之类，食之效果特异。煮红豆、莲子者温补；煮绿豆南瓜者清热；煮毛桃、生梨者止泻。另外，还可以煮豇豆角、老鸹蛋、红苕、洋芋块等，其色，其香，其味，或清甜爽口，或酸中带涩，形态异，功效殊。

糊汤尚有稀吃稠吃两种。稠吃如前述，稀吃却有另外讲究。据说困难岁月，湖北有老妇携幼孙落脚商州，村人济之以苞谷糁面，老妇日每捏一撮熬了，自己喝汤、幼孙吃糁。日子久了，老妇胖若江猪，幼孙却骨瘦如柴。究其原委，村人皆曰，稀糊汤久熬，土地精气化在汤中，糁子成了谷渣也。再说，稀糊汤久熬，汤上泛出一层云朵样的白乳，村人谓之“饭油”，商州山地，常有无奶婴儿，娘喂之以“饭油”，其发育倒比食牛乳、蜂精者还良好的。

是故，商州糊汤养生宜人，被外人视为一宝。报载，商县杨斜镇一位七旬老妪在秦王山采药时打死一头豹子，当记者问其何以力大无比，平日饮食何物时，老妪竟答：“糊汤。”有学者亦考证出秦末“商山四皓”为何八旬九旬尚能童颜鹤发、思辨无敌，究其生态，竟也是糊汤蕨菜的作用。人言商州女子皆水色，有作家前去考证，见街上美女如云，有银盘大脸的，有桃花粉面的，独无渭北那种青脸黄牙相。作家惊喜之余，窃入人家查看饭食，不禁仰天长叹：“糊汤也！”

其实，商州糊汤的养性宜人，全赖于商州水质。商州水质绵软清醇，无氟质，少碳酸氢钠、氢钙之类，故以此水灌溉庄稼，五谷素质优纯；以此水煮造饭食，饭食宜养性灵；以此水洗衣蒸汽，皂粉效用大增，锅炉不结垢痂。有生理学家入商州做学问，见此地脑心病患者绝少，遂探问饭食，有乡村医生告之曰：“此地人二便通畅，绝少结石便秘之症；此地人血脉丰润，无有枯槁蜡黄之色，此功效一在水质，二在糊汤。”生理学家疑惑，亲察一百岁老翁出恭，见二便排解流畅、面情受活，遂遥对商州山河赞叹：“佩服！佩服！”

商州扁食

这是一张面页，铜钱厚，梯形，半个手掌大小；擀它的时候，同面条一样，只是撒上厚厚一层玉米粉的面扑，用擀面杖卷起，拿柳叶刀沿擀面杖轴线划开，再左斜一刀，右斜一刀，切成一沓沓半个手掌大的梯形；划开，做瓦解状排列，这便是包扁食的面页了。馅儿，素质的，或豆腐荠菜，或苜蓿鸡蛋，或地软藕丁，或青葱黄花，但总要拌些熟过的青油；待贵客，却常是要拌上核桃香油的。

包扁食是最热闹不过的事情了，特别是在年节。那是二尺见方的一张炕桌，全家老少围着，娃娃呀呀唱，姑娘咯咯笑；老奶奶颠着身儿说笑话，老爷爷眯着眼，把一张面页翻过来，倒过去，找准了面子、里子，摸索着将一个麻钱包进去……

最心巧的是小媳妇，面页在左手心里摊了，大头朝外；右手腕一拐，一筷头馅儿圆簇簇地点在面页当中；右手食指一捻，左手拇指一勾、一卷、一折，小拇指一挑；然后，左右手的食指、拇指、中指相对一捏，成了！看那样儿，圆嘟嘟的肚子，亮洞洞的脐眼，双耳垂肩，银盆大脸，这不是一尊活脱脱的弥勒佛么？“开颜一笑笑天下可笑之事，大肚能容容天下难容之人”，这农家媳妇十指制作的，不正是她生活的象形和心境的意迹吗？一个家庭，做媳妇的，上呈二老，下教儿女，周围尚有妯娌和姑叔，全家的和睦美满全系在她身上！

于是，她操劳时以身作则，节俭时自我做起，谦恭、礼让、宽厚、勤勉，这难道不正是“弥勒”的品行和精神吗？

最讲究的要数姑娘。她执意要包出新花样，那是聪颖和理想的凝缩。脐眼包出一对儿，叫作“连环”；耳郭包成两层，叫它“双福”；或者，包出荷叶边，叫作“莲花裙”；点出红痣的，称作“天丹”……最工于心计的是老奶奶，她尽讲些公鸡生马猴的笑话，乐得全家人前仰后合。其实，她是在替老伴儿打掩护——他正把一颗绿豆按在那包了麻钱的扁食上。

媳妇将水烧开了，老奶奶把扁食煮进去。煎三回，淀三回凉水。整个过程肃穆得像敬神，到了捞扁食，那更是大气儿不敢出了。老奶奶操勺儿，三个两个地捞着，沿锅台一圈着的碗里，三个两个，十个八个，依次添上去。

第一碗，必由儿子献到祖堂上去。那里，是一个放大了的老者的相片，或者一尊“父母大人”的牌位；两旁，常常挂着对子，字迹或许潦草，但那情意却深沉“陇上犹留劳迹，堂前共仰遗徽”。然后，人们依次端了那锅台的碗，谁也不说话，按着激动的心，到炕桌边，朝碗里浇柿子醋，浇油泼辣子。最紧张的是小姑小叔们，他们急切切在碗里翻动，然后，急不可耐地去吞探那预示幸福的麻钱。儿媳做饭在人前，吃饭在人后，最后一碗，不，或许只是半碗，那便是她的了。可是，常常，她刚咬了一口，就不禁“哟”的一声，粉舌儿一探，挑出一个麻钱来！顿时，全家欢腾起来，老奶奶泪花烁烁了：“我娃有福，我娃有福！”

媳妇虽是娶进门的，可老奶奶叫起来，仍是“我娃我娃”的。

这就是商州扁食，它比馄饨实惠，又比饺子柔爽，待客、过年节，老少咸宜。当然也有禁忌，即给出门人饯行不能用扁食，因为这犯着一个“煮”字，说是怕行路中过桥落水。

商州地，北靠秦岭，南临湖北，有丹江通到长江去。所以，此种扁食，是老河口一带的船民食物，船民多食米，面食稀罕，便要做得讲究，子孙沿袭，食物演化，久而久之，这扁食便随着船夫溯江而上，传遍全商州了。

故乡有个打儿窝

一张玉色的弓，坦坦然躺在这小盆地的中央。那是丹江凛白的水迹，一个从天宫泄落人间的音符。忽然，这悠悠天韵炸响开来，纹理秀美的水迹乱得一塌糊涂！浪花倒退着翻开，旋流四向拧咬；一个精潭窝出来。那弓也被扯得紧了！

挡在前面的，是一座石山，浑圆得馒头一般；它稳稳地镇在那里，小盆地也向东倾斜过来。这石山未掺一丝儿假。通体青光，抠不下一粒沙砾，生不出一根儿纤草，出奇的腰间窝出一眼洞穴来，这洞穴深不及丈，阔不及丈，口儿迎天而张，距离十几丈的河滩下是不能看见的。又有传闻，说是从河滩丢石子上山，石子落滚入洞窝，家妻必生儿郎。往昔岁月，酸多、苦多、辣多，难为了多少无嗣爷郎，来这里打掷儿孙，盼人丁兴旺，盼光景滋润。有应者，焚香挂匾，四处传扬；有不应者，低头忍隐，暗泣命苦；于是，打儿窝便闻名了，东及豫西峡口，南及湖北郧西，四方苦命人海会，这里便生出通衢八方的大集市，成了秦岭东南山货商品的集散之地。

集市在石山背后，一处平坦的沙地，说这里是金蝉穴，风水宝地。那些石子打来儿孙的人家纷纷在坡根安下祖坟，又在左近的坡梁上建造娘娘庙。庙里道士，敲出钟声，发水波样清韵，声闻四乡一二十里。送子娘娘功德无上，迎着庙宇山门，人们又造起巍峨戏楼，逢节过会，那戏总要唱破了锣鼓的。那些得了儿孙的婆媳奶娘，齐愣愣抱了满月或周岁的儿郎，坐在阳坡层层的台阶上看戏，花鞋绣脚一溜儿排过去，撒金浮银一般，于是，山外便传开奇观，要看女人脚，去上打儿窝。

给送子娘娘唱戏，也非秦腔二黄大戏，而是此地特有的丑旦花鼓子。此剧种，一丑一旦，且歌且舞，乐时唱得山河喧闹，悲时又唱得花鞋们泪雨涟涟。不知何年何月何日，某人欲聚风脉于一家，便在那石山顶上造出一座张家土地庙来。那土地庙小如蛋柿，丑如癞娃，却廊柱门窗俱全。挺凌凌撑在那里，硬是败了一方风景。于是，打儿窝不灵了，娘娘庙的钟声不清了。四方商贾的生意不红了。终于，一场大水淹了沙地，集市被迫东迁十里，打儿窝从此冷落起来，于是便有丑旦花鼓子唱道：

土地爷爷本姓张，
庙庙盖到山顶上；
上来下去不方便，
尻子磨得溜溜儿光！

事情从乾隆年间一场瘟疫过后闹起，历时二百一十九年。前些年，打儿窝依然怪异时出。比如那弓形的沙湾，本是万年水道，却有政策硬要驱着人们去河滩造田，结果造了七年，被自然规律否定了七年，劳民伤财，所获为零。好在故乡人并非愚顽不灵，航道一旦打通，他们进化的速度并不比都市人慢。这几年，故乡人意识变了，心性变了，别说向河滩要粮的蠢事没有了，就连计划生育，也用不着拉拉扯扯了：那些为了赶政策而动过手脚的人羞了，知道那是侵犯人身，有违法律；那些意欲两胎三胎的也羞了，知道儿女成群那原是自寻负担。世上事，真乃不可一概而论。打儿窝变了，打儿窝周围这一片变了；那些原本的自然优势“嚯”一下凸现出来了；麻岭的挂面杜沟的瓜，支涧的芦席小河的鸦……那顺口溜是一串串的，什么北沟的天麻、任后的老鸹银、洛曲河的绣枕卖给河南人，等等，被丑旦花鼓子编成小曲儿，唱得满世界都醉酥酥的。

特别是麻岭的挂面在湖北市场十分畅销，这挂面和城市粮店供应的挂面完全两码事。这挂面制作，全仗手工：踏面、锤盆、搓条、盘棍、下槽、上架、弹扯、掉坠、风干、上案、断切、捆扎，等等，一百九十七道工序，历时二十多个小时方能成功。那面丝，细如发，筋如皮，从一丈五尺高的架上垂到地面，不挂上坠子，便会“嘣”一下弹缩回去。据说某年法国科学家去秦岭普查地质，见此奇景，又是拍照，又是录像，说这是世界艺术奇迹！

打儿窝，故乡的眼睛，正瞅着秦岭丹水的日益开放呢！不是吗？娘娘庙让开了路，交通部总编国道 311 号的公路大动脉，由十八盘改道。破岭而过，十几米宽的黑色路面西达乌鲁木齐，东至宁沪，“大黄河”相对错车不减速；每日有西安和河南南阳、西安和湖北襄樊，大轿车对开，日驰千里，现代交通缩短了距离，故乡和祖国的大都市融为一个经济体了。

打儿窝，故乡这一隅平凡的洞穴，有脑子灵通的人也给它配上了新用场。有人利用这石洞的优越环境，填进沙土，埋了菌棒，要它活灵灵地生出天麻呢！

龙驹寨开埠三百年记

一个商埠的兴盛，大约应该具备三个条件：一是有交通枢纽的位置，二是人口密集有商业基础，三是具备物资集散功能。这是历史的龙驹寨之所以成为当时陕西四大镇之首的主要原因，因为清朝光绪时龙驹寨每年贡献的税额就达十三万两白银，为“全陕之冠”！ 在此之前的乾隆朝，可能预计到这个商埠未来的潜能，就由朝廷批准在龙驹寨设州判衙门，专管水旱码头的政务和商运。 三百年来，龙驹寨为民族和区域经济的发展做出过重要贡献，研究这段历史，阅读姚怀亮先生的长文，黄元英、张中山的论文，我更多的想到历史对于现实的意义是什么?

如今的丹凤县城，即昔日的龙驹寨，当年兴盛的历史条件不存在了，恢复三百年前的商务环境也不可能了，但如今的丹凤县仍然要发展，怎么办？ 面对变迁了的时代，如何将传统与现代对接?

当今之时代，人们的物质生活基本小康，城市人大体上衣食无忧，而标志人们生活质量的主要是精神生活，比如都市里的各类演艺、体育比赛、影视活动、琴棋书画、旅游休闲、读书与收藏，等等，而龙驹寨能参与公众精神生活、特别是城市人精神生活的，大概有两个：一是旅游度假，二是贾平凹的文学。

如果以旅游业为导引，可衍生的物质和文化产品还可以很多，如规划中的码头文化一条街、丹凤小吃、竹林关的老花鼓、老葡萄酒包括时兴的山萸酒；还有贾平凹小说的情景展示：《浮躁》里的老铁匠铺、女主人公小水唱的情歌，《天狗》《野山》《乡民》《小月》《鸡窝洼人家》《桃花满天红》《高兴》等贾平凹小说改编的影视和舞台剧展示，等等。应该充分认识贾平凹作品的潜在意义和经济价值，几乎每年在北京、上海、港台以至国外都要召开贾平凹作品的研讨会，丹凤县能否派人去了解一下，看看里边有什么商机，现在，贾平凹小说中的许多人名、地名都被外人注册了商标，比如求缺屋、不静岗、高老庄，等等，有的用于酒楼饭店，有的用于茶馆。贾平凹现在的工作之一就是陪同北京来省上视察工作的首长吃饭，不陪是不行的，领导说了，这是他的一项工作，贾陪吃是一种接待规格，办公厅的接待单上印着他的名字，我希望丹凤县从中可以吸取些什么。贾平凹作品中可资开发的素材很丰富，但需要文化整合。我到甘肃庆阳参加了两届香包节，人家是小产品大经济，面向全世界每年所签的供货合同都是多少个亿，由此我想到咱们这里的草鞋，每次漂流完了就丢掉了，为什么我们不可以将草鞋工艺化，用过之后还有审美价值、收藏价值？

现在，许多城市建设和旅游开发搞得轰轰烈烈，但也出现了一些规律性的问题：一是将历史的厚重浅薄化，二是将历史的珍存垃圾化，三是将文化的悠久轻短化，四是将人文的深邃庸俗化。我参加过咸阳城市建设论坛，我发言说咸阳的城市建设就是浮浅化、垃圾化、轻短化、庸俗化。我问：你们搞了个“世纪大道”，搞得很不错，你们要以此纪念咸阳进入新世纪，很自豪啊，可是我要问：全世界哪个城市没有进入新世纪？如果大家都搞个叫世纪啥啥的项目，全世界将有多少雷同的名称？这就叫浅薄！没文化！有人问我，那这么好的大道该叫什么好？我说你叫“始皇大道”不好吗？全世界独一份！其他任何城市都没这个本钱、没这个资格这么叫，咸阳是唯一的，秦统一六国的号令、书同文、车同轨、度量衡天下一统的号令都是从这条大道传向天下的！当时咸阳有人听了，说我们为自己没有历史文化眼光而羞愧啊，叫商洛人这么骂，痛快！

我希望借龙驹寨开埠三百年之机，思考一下昔日的龙驹寨今日的丹凤城以后的路子怎么走？有水了可以漂流，没水了干什么？今年天旱，橡胶坝里的水还不足一米五深，漂流停了好长时间，那么，我们有没有自然之水之外的人文之水呢？一个武关，关联着多少改朝换代的大事？多少英雄在此血泪沾襟？一个贾平凹，三十年来给中国文化文学界制造了多少波澜？

昨天晚上听邵志强先生创作的歌曲，几乎全是这块土地上的旋律，这种家国意识很宝贵。陈道久先生写的《丹江漂》很有趣味，但透射出的是一种责任，那么小的学龄前儿童，他知道北京意味着什么，他这里的忠诚是原始意义上的、是先辈遗传于骨子里的。中华文化元典里的记载是：君仁臣忠、父慈子孝，双向负责的。中华文化的流变主要在西汉董仲舒的“三纲”之后，文化变成统治者意识形态的工具，单向的，臣子只向皇帝负责，儿子只向父亲负责，妻子只向丈夫负责。董仲舒制造了中华文化的一个拐点，从此江河日下，民主式微。从“五四”开始，知识人把民族衰败的责任全算到文化的账上，这有些不妥。因为他掩盖了执政者的责任，政治是一门学问、一门专业，国家没有搞好主要责任在执掌权柄的人。同样是中华文化的大背景，为什么唐朝称雄世界，而清朝却是东也敢打、西也敢打并且谁都能打败她?

爱因斯坦说过，中国人没有用西方的形式逻辑思维，可他们同样解决了问题，而且解决得很好，这是怎么回事? 比如求证直角三角形的边长关系，在欧几里得的《几何原本》中，用“因为，所以”求证 $c^2 = a^2 + b^2$，过程需要十步以上。而《周髀算经》用折矩的方法证明勾股定理，三步运算就可以干净利落地求证出结果，而且过程具有异常的形象性、趣味性。这说明西方的科学方法不是通向真理的唯一途径，方法之外还有方法，道路之外还有道路，西方人直接用火烧烤面团做成面包，中国人用火烧水、用蒸汽蒸熟面团做成馒头；西方人用刀叉直接取食，而中国人用两根木棍儿通过五指协调动作夹取食物，结果都解决了吃饭问题，难道只有面包和刀叉是唯一的真理吗? 所以大数学家吴文俊说，除了以西方为代表的科学之外，事实上还有跟它们完全不同的所谓东方科学。庸才和大才的区别就在这里，一个是人云亦云妄自菲薄，一个是独立思考勇于发现。中国，外国，家乡，异乡，做好了是一样的。丹凤的长处是丽江、平遥比不了，只是目前还没有做得更好。这个好，是乡情本土化，历史功能化，人文趣味化。从县城漂流到月儿滩，两岸风光无限，可是两岸的山水亭台取了许多恶俗不堪的名称，严重地消解了真山真水的自然美，这就是文化学者的缺席造成的。

龙驹寨曾经辉煌过，以后的丹凤城还将创造辉煌，因为有一班勤奋的人、智慧的人在忘我地工作着。他们没有数典忘祖，他们牢记着祖先的业绩和历史，他们从中寻找思想、寻找古与今的对接点、寻找中华的文化元素、龙驹寨的文化元素，这样的眼光是成功的基础。在中国，无论做什么事情，只要把你的项目结结实实地焊在中华文化的骨架上，你的项目才是有根之木，才是有源之水，才可能取得长久效益。中国人的血管里流的是中华文化的血，这是遗传的，改变不了的，就像人的胃的记忆一样，小时吃过的东西，一辈子都觉得唯此才最对口味。所以，我的忠告是：搞旅游开发，请从寻找口味开始。

静　村

一只游狗将一条后腿翘在椿树根那里，热气就腾起来。空中白云吻着村头的紫雾，湿草的蓝烟又缭绕得马虎，天空就阴涩得老不正经。游狗彳亍地去了，白色的积雪上蚀下一个浓黄的坑儿。

椿树的丫杈上挂着薯蔓，积雪在上面肿着。薯叶霉得灰黑，失去了做饲料的价值，薯蔓腐成僵硬的枯物，烧锅也无焰了；可就这霉腐筋筋爪爪，蓬蓬地驮了一团卧雪，于灰日下也还美丽。

椿树下，一圈农家茅厕的土墙。墙基的缝隙里饱塞了赭红的玉米须，这或许就是手纸了。墙面子用麦草泥搪过，毛涩涩的，却还平整。墙头并不坐瓦，却林林总总地横斜着狗尾草。草茎蹒跚间，黄着几颗松塔。无有苍松的老桩，唯见一枝翠色趔趄在墙头。又有两竿毛竹弯过来，清瘦的枝叶间藏一只雀。

几串柿蒂悬在墙拐角儿，三五木钉歪斜着吊住分量。柿蒂的内皮上有牙齿啃过的痕迹，主人重视咬得到口的现成。干柿蒂三角钱一斤是去年的价钱，今年涨到了五角。五角了还不出手，或许还可等到更好的价钱。当然，等得霉了黑了不能用了，也就算了。

日色挺严肃，光线插得匀匀的，墙下也无阴影。炊烟却糊涂，满世界染得没了阴阳，早晨九点和午后四点是一个样儿。山在这里只是陪衬，峰齿的凹口还是女娲那时遗留的一缺。学大寨那时有人试图补过，百十号人马凿了一个大炮，装了八十斤黑炸药，结果哑了，也就算了。后来那山口子上闹鬼，砍柴的上去了就没了踪影，十年绝了人迹。近年却又闹神，连山外来的司机也要弯上去挂一绺红布；蓦然有了鞭炮声，村人方知是农历的初一或十五。村人也去烧过香，马马虎虎的，据说那神佑远不佑近。

山窝子里没有现代音响，老树棵子里藏七八九户人家。晨昏里偶有鸡鸣狗叫，小石桥那里的泉水声韵清奇。冬日里见天两次炊烟，在房脊上凝伫的，在屋后炕洞口旋转的，全是些沉重、潮湿而且灰黑的不充分燃烧物，并不呛人，甚或还松香般陶醉人心。

家家屋后一座茅厕，一律地不着棚顶，故而绝无臭气。于是，这里就成了牲畜的好去处，成了竹苞松茂的风景地，特别到了雪天，这野村的一角雅致得能迷住城里的姑娘。看那竹下的台阶上，一座陈年的麦秸垛做圆锥状蹲伏，灰褐的几何体上，有了一角齐茬茬儿的解剖，剖面上溢出金黄的夏、匆忙的秋，也溢出冬日的闲散和慵懒。于是，有迟起的老妪就在那剖面上扯麦草，扯一把夹在腋下，扯两把也夹在腋下。之后，弯弯着身子，无声地去了，那目光投在脚尖，似辨认往年的脚印……

两竿翠竹晃儿晃儿地点着头，那雀儿在灰空里斜划一线翔迹。竹梢的积雪软塌塌落下，地上的积雪并不见涨厚。两颗熟黄的松塔依旧凝坐墙头，纺锤状的磷肚里储满籽实，春要来了，你还等待什么呢?

茅厕里终于有了声音："吃了么？爷！"

"吃了。"

村　变

且不说山村人家有几多的滋润和劳乐，且不说山村环境有几多的恬然和自在，单看那瓦屋草庵谐和共构的妖娆，单看那村前小河阳明暗绿的娱悦，你就不必去了，不必进村去，做一本正经的采访，或大而化之的观光了。你尽可静坐村前桥头，听足下逝川的嘤嘤细语，你也尽可将赤足浸入清流，任红尾细鳞轻舔脚跟……

你的思绪是痒扎扎蓬勃开来，或许合作化的时候，你在这里丈量过土地；或许“大跃进”的时候，你来这里找过铁矿；或许“文革”期间，你又返还来接受劳改……后来，你老了，跟不上历史的脚步了，历史就将你寄放在照料得挺好的一个角落。再后来，小山村的事儿别人也就忘了。然而，小山村正是从这时开始，复苏了自己的生命，出现了思之心醉、言之眼热的火火年华。

无法想象，座下这钢骨水泥的大桥是怎么造起来的。六辆“四轮”并排开过，“突突突”的嘣响鼓点般敲碎人心。老石匠想必还活得虎实，桥栏上那一溜小石狮可是村人最喜爱的漫小兽……

已经是过去的岁月了，那时节，你有一杆“三八枪”，头上缠着白羊肚手巾。那时节，村前，河边，尽长蒿丛毛苇子，也有树，都是些扭身伏地的爷们，青壮的都叫国民党砍去修了长坪公路。那时节，你有你的宏伟蓝图，你果真领着民兵修了一座木桥。

木桥沟通了河南河北，你好高兴。看樵夫挑担过桥，看村姑提篮过桥，看老妪扶杖过桥，甚至，你还专门观察了瘸跛子过桥。你获得了快感，幸福溢满心头。然而，山洪到来，目空一切，小木桥浮草一样漂流而去，你好伤心。终于，你采用了“游击战术”，小木桥冬天建，夏天拆……

是谁引进的法国梧桐？是谁培育的苹果石榴？植树也讲究经济效益和观赏价值，山村人真抖起来了！那些烂泥塘呢？那些野苇朽木呢？小河两岸被重新打了格子，每个格子里种植什么，有着严格的讲究。鱼塘也有，鳖塘也有，娃娃鱼的塘子也有，连鱼龙海怪都养得肥肥的，山村人学聪明了啊！

本来你是要去看看久别的乡亲们的。可是此刻，脚跟沉得像拴了磨扇，眼皮也沉得撑不开了。你抚摸着兜里的两瓶酒，这是老干部局给你的寿礼。你却记着曾经共过患难的人们。

你在桥头徘徊。

红机瓦的屋顶，雄乎乎地撑得那么高，屋顶统统坐着脊兽，有的还高挑着电视机的天线。

高粱的赭红，稻禾的明黄，鱼塘的清涟，果园的醇香，哪一垄哪一方是老石匠的？

桥上过来一群姑娘，秋天了，还裙裾飘飘的，朗声笑着，银铃一般灼人。又过来一群山羊，肥臀涌动着，汹汹然如脂肪的浪涛。牧羊人远远跟着，一架小收音机袖手而抱，腋下涌泄出摇滚乐。运货的小三卡开过去，秋凉了，却满当当运来落地扇，不知为什么？野菊花在路边黄着，猕猴桃在崖上烂着，水花柿在枝上软着……你想，应该搞一场增产节约运动。

于是，你就坐不住了，往村里去，你的脚步显得那么有力……

太白山风物记

太白山的脊岭上，有一排旗形冷杉，主干高拔，枝梢一律向东伸展，远望如旗帜之飘扬，而主干西边则裸露无皮侧枝，又都折断如骨茬高擎，观者无不动容，叹这倔强的性格、刚毅的姿态、悲壮的情怀，活生生地演绎着一个战士的品德；看他忠守山梁的形象、义薄云天的气势、坚忍果决的态度，不由使人想起中华文明史上那些脊梁式的人物，治洪水的大禹、写《史记》的司马迁、抗金的岳飞、抗日的杨靖宇，等等。试想每当隆冬大寒之时，烈烈西风从山梁上刮过，如刀削斧砍，这冷杉树干上朝西的侧枝做过多少壮烈的抵抗，那些朝南的朝北的枝梢全都横向折断，而正面迎着西风的侧枝却如剑如戟在殊死搏杀，一年又一年，春夏长成的枝节，在寒冬的朔风里被一茬茬地摧折，又被一层层地剥皮，露出木质的断茬一如森森白骨，指天明志，怒不可遏！这不仅是山脊上一排树木抗击残暴的雕像，也是中国人刚毅个性的另类写照，更是太白山向世界昭示的一种精神和品格。人们奋力登山、辛苦跋涉所何为？就是为了寻找这样一种收获、一种启迪，一种难以忘怀的耸立于天地间巨大形象的列阵，人们在此摄影留念，要把太白山的精神带回去，把太白山的“旗帜”永远珍藏在身边。

这是太白山为中国人重塑民族精神所做的贡献，也是秦岭这条中华龙腾跃于世的动力所在。秦岭，以东西走向横亘在中华版图的中部，被称为中国的龙脊，太白山是秦岭的主峰，那么太白山就是龙脊上最高的脊鳍。广义的秦岭西起甘肃省临潭县北部的白石山，以迭山与昆仑山脉分界。向东经天水南部的麦积山进入陕西。在陕西与河南交界处分为三支，北支为崤山，余脉沿黄河南岸向东延伸，通称邙山；中支为熊耳山；南支为伏牛山，其南部一小部分由陕西延伸至湖北郧阳区。秦岭山脉全长一千六百公里，南北宽数十公里至二三百公里，面积广大，被称为国家的中央公园。狭义的秦岭是秦岭山脉的中段，位于陕西关中之南的一部分。“秦岭”之名始于汉代，又因位在长安之南，故亦名“南山”。

秦岭这条龙，不仅有中国南北分界的地理学意义，更有着中华文化的诸多禀赋和意象。首先，百善之先的孝——孝的诸多故事，如一串明珠闪耀在这条龙脊上。

秦岭东部，华山绝顶，有一则广为传知的神话故事：小沉香劈山救母，华山西峰也因此被称作孝子峰；由华岳往西，到韩愈写“云横秦岭家何在，雪拥蓝关马不前”蓝田境内，有座王顺山，中国古代二十四孝之一的“王顺担土葬母”的故事就发生在这里，王顺葬母后就在山上修炼，唐代大诗人白居易赞之曰：“昔有王氏子，羽化升上玄”，山腰建有“孝子祠”，供奉“孝神王顺之位”，因此王顺山被称为“天下第一孝山”；由此往西，到秦岭中段，在西安城南之终南山侧，有太乙山，山上的大台、文殊、清凉、灵运、舍身五个如台小峰上建有众多寺庙，称为南五台，《关中通志》载“今南山神秀之区，惟长安南五台为最”，唐太宗李世民之母笃信佛教，每年数次前往终南山之南五台朝拜，往返百余里，旅途劳顿，李世民为母尽孝，特仿照南五台在宫城广运门以西、太极宫南墙上，沿起伏地势，筑起五座高台，台上建有佛殿，供其母朝拜，这也是因秦岭而缘起的帝王之孝。

秦岭的文化负载还不至于此，佛教的八大宗派中，有六大宗派的祖庭都在秦岭及岭北地带；“终南千峰耸翠，以楼观为最名”，这就是号称“天下第一福地”的道教胜迹楼观台，老子在这里著《道德经》五千言，并在楼南高岗筑台授经；由此再往西，龙脊蜿蜒到周至、眉县、太白三县交界之地，突然朝天一拱，耸起一座高峰，这就是秦岭的主峰——海拔三千七百六十七米的太白山。“太白积雪六月天”为关中八景之一，唐代高僧道宣在此创设戒坛，传扬律宗，是故太白山被后世称为律宗祖庭。又有文献记载，道教三十六洞天，“太白居第十一”，隋唐以降，太白山地区的儒、释、道多次出现三教合一的趋势，因而在太白山有“三教同源”的说法，李白曾写《登太白峰》诗，其中有“太白与我语，为我开天关。愿乘冷风去，直上浮云间，举手可近月，前行若无山”的壮语。

秦岭延伸到甘肃省的天水市境内，在小陇山有座孤峰，山体悬崖壁立，状若积麦，其上凿有佛教石窟二百余，为中国四大石窟之一，被称为“秦地林泉之冠”，是古代雕塑艺术的宝库。杜甫有诗赞曰：“野寺残僧少，山圆细路高。麝香眠石竹，鹦鹉啄金桃。乱石通人过，悬崖置屋牢。上方重阁晚，百里见秋毫。”

中国地形，西高东低，说是由共工怒触不周山所致。传说不周山是天和地之间的巨柱，天柱折断，天柱上系着大地的绳子也断了，于是大地向东南方向塌陷，天空向西北方向倾倒，江河朝东奔流，日月星辰向西边降落。天地间，要有支柱，否则天地倾斜；人世间，要有廉耻，否则尊卑不辨。《管子·牧民》曰：“国有四维，……一曰礼，二曰义，三曰廉，四曰耻。”“守国之度，在饰四维”“四维不张，国乃灭亡”。孙中山创“中华民国”，将中山装定为国服，其所寓意义即是：前身四个口袋表示国之四维：礼、义、廉、耻；门襟五粒纽扣是区别于西方三权分立的五权独立：行政、立法、司法、考试、监察；袖口三粒纽扣表示三民主义：民族、民权、民生；后背不破缝表示国家应该和平统一。

而作为人，作为堂堂中华人，以“忠孝节义”为人之四维，四维不张，人性塌缩，精神空洞，看太白山梁上的旗形冷杉，一种中华人格的旗帜在猎猎招展、高格飘扬，有此民族之精神做奠基，大中华必将高标于世界民族之林。太白山下，有“汤峪温泉”从岩层溢出，一种灼热的喷射着冲天豪气的力量在亘古涌动；又有先民，以此温泉之水造酒，其水的形象、火的性格便张扬在龙脊南北，“太白酒”以其绵厚醇隽凝聚秦人意志，又以刚烈后劲名传中华，这其实正是太白山的性格、太白山的精神。

秦岭四周，函谷关、武关、大散关、萧关，环卫着这条中华龙的东西南北，使以“龙”分水的长江黄河长久安全地滋润着中华大地。秦岭之北的渭河，是黄河的最大支流；秦岭之南的汉江，是长江的最大支流。中国大地上最大的两条河流上的最大支流，挟裹着秦岭太白这座奇特的山。或者可以说，是这座博大精深的山脉养育出两条具有非凡意义的河流。而秦岭和黄河并称为中华民族的父亲山、母亲河，之于中华上游文明和原典文化的意义，就是长久地支撑着民族精神和沾溉家园的活水源头。

汤峪泉、太白酒，雄壮了山的魂魄，也哺育了秦岭得天独厚的生物资源和珍奇异宝，熊猫和金丝猴、朱鹮和黑鹳，这些活跃在中华龙脉上风物珍奇，与周、秦、汉、唐的绝代风华相辉映，成为华夏文明的吉祥和福分，作为炎黄子孙，我们传承的责任和担当的精神应该如太白山一样高擎，如“太白酒”一样浓烈，如“汤峪温泉”一样不竭喷发，由此，地球的东方才永恒地耸立着一个个大写的中国人。

西秦酒中仙

嫂子爬上北塬已经气喘吁吁了。当她看见小叔子在那五坛八卦前猎拳扎势的样子就气不打一处来：“修仙哩，得道哩，还食人间烟火哩？！”小叔子默默地喝了嫂子送来的一罐“西京腔酒”，不由自主地抚摸着这只“万亨涌酒坊”的特制陶罐，心想嫂子是个好嫂子，八年来不避风雨上塬送吃喝，就是那一张刀子嘴太刺人，不过八年修炼也该给嫂子有个交代。嫂子坐在一边纳鞋底，她粗腰大尻子是典型的西虢农妇，但她有一绝占尽西虢春色，这就是嫂子的一双美人手远近闻名，这双手修长细嫩柔若无骨，做的女红精美结实，酿的腔酒醉跌蜂蝶，小叔子双手揉着那陶罐，一边盯着嫂子的双手痴想；嫂子这边就气不打一处来，心想修仙之人，还有俗人之想，就拿鞋底叭叭地拍着衣襟，一边伸手去拿罐子，说时迟，那时快，小叔子用膝盖一顶，手中的罐子面皮儿一样翻了过来，双耳朝里；嫂子立时目瞪口呆，连说“修成了修成了”，就日日用这番耳罐送酒不误。

这则产生于乾嘉年间的神话，至今还流传在虢镇一带。小叔子名叫人炭子，后与灵官斗法挨了金砖一病不起，生前遗嘱：

在他死后把铁犁头烧红给他穿在脚上，同时口注热油，徒人如法操作忽见灵官庙起了大火此是后话。其嫂名叫梁园子，终生以沽酒曲为业，所制白酒“曲蘖”质高价廉，承携了方圆百里酒家。其后人所开“同心福酒坊”一直经营到20世纪50年代初与十一家私人酒坊合营成立了“公私合营宝鸡县西秦酒厂”。

酒厂位于陈仓故地，西周时为文王弟虢仲之封地。此地乃八百里秦川西端，北西南三面环山，中间低平，东部敞开，簸箕形地势易于纳水收风，境内多条河流交汇，大陆性半湿润暖温季风柔爽如春；再加之渭河冲积平原的二级台地沃土肥厚，盛产五谷六秫，周秦先民远在六千年前就掌握了酿酒技术，戴家湾、底店堡出土的葫芦瓶、尖底瓶、陶杯等酒器说明酒在新石器时代已进入人们的日常生活。豳人迁岐后，饮酒之风日盛，到周人就有了“无酒不成礼”习俗。约两千五百年前成书的《诗经》，有六十多篇描述了周人的酿酒饮酒之风，如“八月剥枣，十月获稻，为此春酒，以介眉寿”等等。随着酿造技术的提高，当时的制酒已经规范化，形成“五齐”的操作程序，对制酒的各个环节都有具体要求，如：“秫稻必齐，曲蘖必时，湛具必洁，水泉必香，陶器必良，火齐必得。”据此“六必”，后人总结出“粮是酒之肉，曲是酒之魂，水是酒之血”的精辟理论，从而把“粮、曲、水”三元素的重要性提高到认识论的高度。随着周人对发酵技术的掌握，所造之酒有“五剂三酒四饮”达十多个品种，如清酒、黍酒、旨酒、醴鬯等。因饮酒成风，酒具也日益精良，随着冶金术的提高，出现了青铜制作的酿酒器、贮酒器、挹酒器、调酒器、温酒器、饮酒器等名目繁多的瓶瓢杯勺，如尊、卣、彝、缶、爵、觥、甲等。

唐宋以后，西秦人的制酒技术进一步提高，美酒佳酿名满天下。有人为虢镇的酒坊题联曰“周文王访姜尚知味停车，汉萧何追韩信闻香下马”，特别是虢镇的“皇后御酒”因治好了唐太宗李世民长孙皇后的痼疾而名传千古。据《续修陕西通史》记载，明末清初，宝鸡境内大小烧酒坊有三十多家，至民国时，宝鸡的酒坊发展到一百二十四家，仅虢镇就有数十家。1950 年，人民政府赎买、合营了虢镇的十一家私人酿酒作坊，组建“公私合营宝鸡县西秦酒厂”，1961 年该厂又与虢镇酒厂合并，成立“公私合营宝鸡专区西秦酒厂”，1993 年更名为“陕西省西秦酒厂”。1997 年，随着改革开放的深入，当年十月西秦酒厂部分改制成为“宝鸡秦川酒业有限责任公司”。

西秦酒厂生产的“秦川大曲”五十年来誉满城乡，深入人心，它以“清亮透明、醇香柔顺、甘润挺爽、诸味谐调、回味悠长、不干口喉”的典型风格被称为老百姓的口味老百姓的价格，特别在西北诸省，城乡人民假节聚饮、红白大事，莫不以“秦川大曲”为坐庄之酒。公司组建之后，形成了以酒为主业，以饮料、纸箱、瓶盖等业为辅的多元化生产格局，特别在“秦川大曲”系列化方面，公司投入了大量的人力和资金。公司技术人员经过实地考察，选用河东高粱为原料，用大麦豌豆制曲，把发酵时间延长到四十多天，保持恒温四十至五十摄氏度；再用老五甑续甑发酵，然后固态蒸馏，掐头去尾，分等贮存等十二道工艺，使“秦川大曲”以新的面貌呈现世间。形成了凤香型、浓香型、保健型和集“清、浓、酱”诸香型为一体的四大系列三十多个品种的秦川牌方阵产品。因其质量上乘，秦川大曲系列酒获“陕西地方名酒”称号，并被新华通讯社确定为宴会特供酒。

1984年以来，秦川酒先后获得“轻工业部优质酒”称号、第二届曼谷国际名酒博览会金奖、亚太地区国际贸易博览会金奖、“中国食品工业协会国家质量达标食品”等称号。其中，“秦川王”酒荣获“陕西省世纪王牌酒”称号，“精品兰盒酒”荣获“陕西省世纪明星酒”称号。目前，秦川系列酒行销国内二十多个省、市、自治区，在日本、中国香港及东南亚等国家和地区也打开了销路。新世纪以来，公司又推出十年陈酿“珍品秦川王”“秦川福”“秦川宴”等新品种，如今，随着中国加入世贸组织日期的临近，西秦人又紧锣密鼓地研究秦川酒的高档品牌。

一群奋斗不息的西秦人，在总经理梁国模的带领下，把周秦古虢的酒文化发挥得淋漓尽致。他们从工人到领导，每人肚里都有一本“酒之经”，从典故到制作到销售，人人都能说一大套。问他们的“秦川精神”，答说：“开拓进取、求实创新、拼搏奉献、自强不息！”问他们的“四实工作作风”，答说：“讲实话、报实情、办实事、求实效！”

采访公司董事长兼总经理梁国模是一件艰难的事。他上午还在西安召开产品推广会，晚上却到了商洛山的洛南县；前天在上海某地征求用户意见，次日却在厦门参加评酒活动……。某通讯社记者这样评价他：这是一个精力充沛的人，这是一个开门见山的人，这是一个把工人利益放在第一位的人，这是一个制酒行业的拼命三郎！

其实，梁国模是当年上山下乡的知青。他1968年年底到宝鸡上王乡插队，将一腔热血浇灌在贫瘠的土地上。因为工作出色，他担任了大队会计和民兵副营长。1970年，他招工进县水利机械厂，这一干就是十九年，从班长、车间主任、生产科长一直到副厂长，他将这家连年亏损的企业扭亏为盈。1990 年，他被调任宝鸡灯具厂厂长，他投入力量搞新产品开发，又狠抓销售队伍，使灯具厂成为名重一时的先进企业。1992 年，梁国模被任命为宝鸡市劳动模范。宝鸡市的用人办法是响鼓重槌，梁国模的奋斗宗旨是哪里需要哪里上！1993 年，市里任命他到西秦酒厂担任厂长兼党总支书记。当时的西秦厂设备陈旧，产品老衰，销售迟滞，经济很不景气。更重要的是，梁国模到任之初，适逢企业财务制度转轨，银行利息上调，国家增加了百分之二十五的消费税，劳动保险又从百分之十三涨到百分之二十，这对艰难中的西秦酒厂无异于雪上加霜。但艰难中方显英雄本色，梁国模从技术改造入手，果断地投入三千三百万搞大型项目，虽然一时占用了流动资金，但他敢开风气之先，又及时顺应改革开放的大潮流，将近六十年的老企业改制，把国有股权买断，将职工收入与酒厂效益挂钩，改制当年就盈利，他被市里评为先进企业带头人。

在市场经济的风浪里，挑战的鼓响一声高过一声。梁国模迎风而上，他的目光永远盯着高处。但是，他面临的企业环境却一日酷似一日。2001 年，国家税赋再次调高，每瓶酒多征五毛钱，这对高价酒而言无关痛痒，但对“秦川大曲”这样“老百姓的价格”的低价酒却是不堪重负。值此当口，研制秦川酒的高档品种成了当务之急。再说随着国民经济的持续发展，城乡人民生活水平的不断提高，社会消费也需要秦川酒上台阶、上档次，作为陕西白酒行业的骨干厂子也应该有能摆上宴会桌的新产品以展示老企业的新姿态、新风貌。

梁国模说：“共产党就是爱人民么，有一种说法叫减员增效，我不弄这！我不减员也要增效，工人有岗上，社会就稳定嘛！仅仅稳住还不行，还要叫职工都富起来哩，公司原工资总额六万元，现在是二十四万元，工人平均年薪八千元！这还只是我第一步的目标。我是向市场要效益，不向工人嘴上抠效益。有一个港商要来投资，我说欢迎呀，但他要我裁去四百名工人，我说这可不行，工人是我的亲兄弟呀！”就这一件事，新产品的研制速度加快了一倍！后来上级在群众中征求对班子的意见，梁国模获得职工的支持率是百分之百。他还说：“有我在这儿，工人就要有活干，有饭吃，这一块儿社会主义阵地就要守住。学习‘三个代表’，当头儿的就要代表职工群众的利益，职工有困难了，当头儿的不去解决谁去解决？有的销售人员出差了，家里没吃的我就送面去，我给厂里百分之七十的工人办过事，能办的事尽量给大家办，我原来也是工人，路上碰见了总是我先问候，有的工人不生育，我领到医院去检查，生了男娃，大家都说厂里人丁兴旺。”

西秦厂要上高档酒，制酒人必须要有新境界。新境界从哪里来，一是传统，二是科技。传统是眼淘不干的井，就看你掘得深不深。梁国模亲自披阅《诗经》，查看典籍，认定秦川酒要创新，仍然须从“三元素”着手。首先是粮，他派人远足踏访，最后选定黄河东岸晋南一线的纯种红高粱，这种高粱籽饱实圆、色泽鲜艳、味香性黏，他们特别要求粱农：作为优质酒料，所种高粱必须施之农家肥！

然后是曲。曲是酒之魂。这决定着未来高档酒的新姿态。这个姿态取基愈深，出新愈远；而这个魂，既要典雅高尚，又要灵动时尚；既要涵盖古今，又要迷醉中外；她是综合的、博瀚的，更是大境界的。梁国模自然想到了李白，这位唐代的大诗人被称为“诗仙”，杜甫作诗赞他：“李白斗酒诗百篇，长安市上酒家眠。天子呼来不上船，自称臣是酒中仙。”他的豪壮，他的气魄，他的傲岸，他的天资，深深地震撼着梁国模，突然，他的大手在桌上一拍：“酒中仙！”

于是，西秦酒厂的高档酒有了一个响亮的名字！

支撑这个名字的仍然是曲。曲高、曲雅、曲醇决定着“酒中仙”的品质。因为用粮食造酒必须先把谷物中的淀粉分解为葡萄糖，然后再使糖转化成酒。古代的巴比伦人发现麦芽中的酶可分解淀粉而成糖，由此而发明麦芽制酒术。但我们的华夏祖先，却将谷物的糖化和酒化两道程序合而为一，这中间的绝妙之处就在于使用了“曲”，这“曲”中含有大量的微生物，这些微生物在一定条件下，同时对谷物进行糖化和酒化，这就是中国特有的复式发酵法。而这“一定条件”就是工艺，工艺掌握得好可以酒香十里，工艺掌握得不好就使酒池发酸变臭。所以对酿酒之曲的制作历来是酒家的秘籍宝方。为了制得新的西秦宝曲，他们选用渭河北岸二道原上的大麦和豌豆做制曲原料，二者比例沿革古方；另外，在虢镇的老作坊发掘古井泥池，在民间广泛收集土单验方，以传统集成为基础，缜密筛选，经过对曲坯强化接种、酿场热拥、延长发酵、去杂增香等十几道工艺过程，反复组合，批试对比，择优培育，终于开发出具有自主知识产权的特优“大曲”，完成了对“酒中仙”的灵魂塑造。

粮、曲具备，而水的品质更不能忽略。四川酒、山西酒、贵州酒，其所以各具风味，水起着巨大的作用。为此，西秦酒厂的技术人员几乎走遍了宝鸡县七镇五百一十三个行政村，遍尝各处井泉池溪，又踏寻境内的十九条河流，溯源探流，品评鉴定，又取样化验，反复斟酌，但仍让人美中不足。因为，今日之宝鸡，远非周秦之陈仓，如今境内，乡镇企业星罗棋布，自然环境已非天然生态，地上地下之水发生了很大变化，如再以此水酿酒必然难以预期。于是，他们决定，自制纯净水，这虽然增加了成本，但丰满了“酒中仙”的血肉之躯也是值得的。

解决了“三元素”的问题，工艺就被提到重要议程。技术人员精研《周礼》，将《酒正》篇所论之“五齐”再次从头模拟。所谓“五齐”，就是发酵酿酒的五个阶段：“五齐之名，一曰泛齐，二曰醴齐，三曰盎齐，四曰醍齐，五曰沈齐。”一齐是说谷物受到“曲”中酵母菌的作用体积膨胀，浮在水面；二齐是膨胀的谷物在“曲”中微生物的作用下因发酵而糖化；三齐是发酵完成，气泡冒出；四齐是完成酒化过程；五齐是发酵停止，酒糟下沉。古人把酿造工艺分得极细，每一步都有具体的质量要求。如今的“酒中仙”工艺，不仅师法古方，而且要推陈出新，重要的是继承古人这种一丝不苟的科学精神。在发掘传统的同时，西秦人还增加新产品的科技含量，在质量把关上他们采用最新的电脑色谱分析技术，使用微机调兑，对质量诸元做了极精确的技术限制。另外它内包装的酒瓶采用美国已毁的世贸大厦式形制，洋派又时尚；而外包装的纸盒纯白素净，装饰画上的三位酒仙形态高古，益增周秦意趣。同时在防伪标识、瓶口机关等方面也另有机妙，饮家可尽享一时之乐。

在新世纪第一个金秋送爽的季节里，“酒中仙”应运而生了！许多行家品评的结果是：酒中仙是真仙！它以西秦传统凤香为基础，同时具备贵州酒、四川酒、山西酒的香型特点，饮

“酒中仙”，开瓶即凤香四溢，入口则柔绵甘美；待舌蕾神经传感，方觉圆口醇厚，微觉酱香绕梁；再待徐徐咽下，又觉后味舒爽，似有浓香扑鼻；等到酒液落肚，口中仍余味畅美，仿佛清香透腹；三日之后，心中仍回味悠长。专家认为，“酒中仙”既有乙酸乙酯的清香，又有乳酸乙酯的浓香，这种复合香味来源于几十种微量成分，这些微量成分既是精粮、精曲、精水、精工的综合结果，也是西秦人的心血所成。

在香型分类上，行家把“酒中仙”定为“兼香型”。

中秋月圆，“酒中仙”靓现西安市场，在这良辰美景之时，作者见到了该酒的监制和策划人刘鸿鹄先生。谈到初衷，他说，“酒中仙”打的是文化品牌，因为这种酒不是饮料，也不是食物，它是周秦文化在新世纪的载体，又是现代文明烛照下的精灵。畅饮美酒是通过物质传达精神主旨。有朋自远方来，奉酒洗尘；送亲离别，举杯饯行；节庆生诞，共饮同贺；丧葬忌日，祭酒缅怀；百礼之会，非酒不行。中国的一切礼仪会节，充溢着酒文化的理性内容。所以君子饮酒：“一爵而色温如也，二爵而言斯，三爵而冲然以退。”酒通过神经而作用于思想，所以李白放歌曰：“五花马，千金裘，呼儿将出换美酒，与尔同销万古愁。”当代著名作家王蒙诗云：“有酒方能意识流，人间天上任遨游，神州大地多琼液，大块文章乐未休。”王羲之曲水流觞，乘兴写出千古美文《兰亭序》；当然，如果丢弃理性，艾青说这种“火的性格，水的外形”的液体可使“聪明的更聪明，愚蠢的更愚蠢”，东方朔不是在大醉之后当着皇帝的面撒尿吗?

谈及市场情况，刘鸿鹄说：“酒中仙不靠炒作，不对市场做地毯式轰炸，酒中仙以自身魅力让饮者闻香下马。目前只重点供应几大酒楼，如上海大众、秦朝瓦罐、万紫千红、大香港、雪花新世纪等。”他对饮家的赠言是：“酒中仙，礼德先，宠辱事，搁一边，学三讲，比酒酣——”

我说：“你怎么讲开政治啦？”

他说：“改革开放这坛酒比什么都香哪！”

后　记

我的散文大约有这么几个层次，一是纯散文也就是狭义的散文，《小河涨水》（1993 年）、《浔阳夜月》（2001 年）、《跪拜胡杨》（2013 年）这三种集子中的大部分篇章即是，我追求散文语言的纯粹，书面文字的精致，艺术境界上的标高就是《小石潭记》《岳阳楼记》《滕王阁序》这类经典范文。有青年作者说："孙老师，读了您的这些散文，我们都不敢写了，这样的文字我们弄不了啊！"我说："不敢写不对，慎重写才对。轻率为文无所讲究不对，对文字有了敬畏感再下笔才对。"因为精致和考究，一段时间里我的这类散文受到读者的喜爱，也引起了一些评论家的关注，还有五十多篇被选入高考题库和作文类教辅读物，这也是上海《新民晚报》和天津《今晚报》在 20 世纪 90 年代及以后岁月连续刊登我散文的原因，有几年《文汇报》的文艺副刊也喜欢选用我的这类散文，这类散文的代表性作品有"村系列""风光系列"等。除了这种植根于书面文字的传统根基之外，还有一种写法就是口语写作，这种写法不少名家也在采用，网上散文大量的即属此类。我建议过不少青年作者，走此路同样可以获得好收成。我也写了不少这类散文，《孙见喜散文精选》（1999 年中国台湾出版）、《西部的咏叹》（2016 年）这两种散文集中的篇章基本上属于此类。近二十年来，“大散文”因为贾平凹的提倡和《美文》杂志的推动，也受到读者的喜爱，我自己在这方面也积累了不少创作实践，此次由陕西人民出版社出版的《月夜城墙根》就是这方面的收获。选入这本集子里的作品，偏重于纪实，讲究可读性，且篇幅一般较长，这也是该社编审张孔明先生同我讨论选编思路时的一个要求。

需要说明，这六种集子里的有些篇章重叠入选，是因为编者和作者特别不舍，而这些作品也确实符合几种编辑思路。还要感谢青年学者孙立盎，在繁忙的教学和研究之外，花费不少时间和精力帮我筛选作品并分析对比各篇之差异，以保证这个集子在总体面貌上与出版者的思路相切合。

孙见喜

2019 年 2 月 1 日于西安双仁府